T5-BBP-930

Adelheit von Rastenberg

Texts and Translations

Texts

1. Isabelle de Charrière. *Lettres de Mistriss Henley publiées par son amie*. Ed. Joan Hinde Stewart and Philip Stewart. 1993.
2. Françoise de Graffigny. *Lettres d'une Péruvienne*. Introd. Joan DeJean and Nancy K. Miller. 1993.
3. Claire de Duras. *Ourika*. Ed. Joan DeJean. Introd. Joan DeJean and Margaret Waller. 1994.
4. Eleonore Thon. *Adelheit von Rastenberg*. Ed. and introd. Karin A. Wurst. 1996.

Translations

1. Isabelle de Charrière. *Letters of Mistress Henley Published by Her Friend*. Trans. Philip Stewart and Jean Vaché. 1993.
2. Françoise de Graffigny. *Letters from a Peruvian Woman*. Trans. David Kornacker. 1993.
3. Claire de Duras. *Ourika*. Trans. John Fowles. 1994.
4. Eleonore Thon. *Adelheit von Rastenberg*. Trans. George F. Peters. 1996.

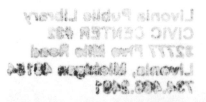

ELEONORE THON

Adelheit von Rastenberg

The Original German Text

Edited by
Karin A. Wurst

The Modern Language Association of America
New York 1996

Library of Congress Cataloging-in-Publication Data

Thon, Eleonore, 1753–1807.
Adelheit von Rastenberg : the original German text / Eleonore Thon ; edited and with an introduction by Karin A. Wurst.
p. cm. — (Texts and translations. Texts ; 4)
ISBN 0-87352-781-X (paper)
I. Wurst, Karin A. II. Title. III. Series.
PT2534.T88A65 1996
832' .6—dc20 96-31833
ISSN 1079-252X

Cover illustration: photograph of a sketch for a generic stage design for chivalric plays, attributed to Domenico Quaglio. Untitled, undated. Used with permission of the University of Cologne, Theater Studies Collection.

Printed on recycled paper

Published by The Modern Language Association of America
10 Astor Place, New York, New York 10003-6981

TABLE OF CONTENTS

INTRODUCTION

We first meet Adelheit von Rastenberg in the solitude of the forest. The dialogue soon reveals the reason for her mysterious daily sojourns there. We understand that the forest serves as refuge from her domestic situation. Her arranged marriage is the source of her sadness. In their youth, Adelheit and the knight Adelbert von Hohenburg were in love with each other but were separated when Adelbert left for the Crusades. Her father then forced her to marry another suitor, Robert von Rastenberg. After several years, Adelbert returns to his beloved, hoping to rekindle their love. He wants her to flee with him and live as his common-law wife on his sister's estate. Adelheit and Adelbert's unexpected reunion in the forest plunges Adelheit into deep conflict: she is torn between her honor and duty on the one hand and her love for Adelbert on the other. The play dramatizes the negotiation of morality, ethics, and love.

As universal as they may seem, the concepts of love, duty, and desire change over time and differ from culture to culture. To understand the dilemma facing the heroine of Eleonore Thon's *Adelheit von Rastenberg*, we therefore need to examine the 1788 play in its social and literary contexts. The play raises questions about what constituted ethical behavior in late-eighteenth-century Germany; it also demonstrates that while literary works reflect their cultural context, they may in turn influence the formation and change of social value systems. In discussing the play, then, we need to ask the following questions: Who was Eleonore Thon, and how did her class and gender affect her drama and its reception? How was the play related to other plays of the period? Who made up the contemporary reading public, and how were its tastes formed? What has been the fate of *Adelheit von Rastenberg* in literary history?

Eleonore Thon née Röder or Rödern (born 27 Nov. 1753 in Eisenach, died 7 Apr. 1807 also in Eisenach) was the daughter of August Friedrich Röder, private secretary at the ducal court in Weimar. The family had lost its fortune and land during the Thirty Years' War and had relinquished the privileges of nobility. As upper-level civil servants at the court, the Röders occupied a social position between the nobility and the bourgeoisie. A comfortable and sophisticated lifestyle afforded Eleonore an excellent education near a court famous for its cultural life. She was fortunate in her godmother, Fräulein von Schlotheim; the former head governess to the princess of Saxe-Gotha provided Eleonore with an exceptionally solid education. According to the foremost nineteenth-century biographer of German-speaking women writers, Carl August Freiherr von Schindel, Eleonore received the best possible educational experience available to women. The focus was on the arts and letters; language and stylistics, music, and drawing occupied most of her time. Her talent as a writer was complemented by her determination and diligence. In 1782 Eleonore married Johann Karl Solomon Thon, who was to become privy councillor at the court in Weimar. She started to write before she married, but unlike many of her female contemporaries, she continued to find time for her literary pursuits during her marriage. Eleonore Thon had one son, Heinrich Christian Caspar. In 1796 she contracted an illness that in time paralyzed her completely. She died at fifty-four.

Eleonore Thon is the author of the widely read novel in three volumes *Julie von Hirtenthal: Eine Geschichte in Briefen* (1780–83), written in the tradition of Sophie La Roche's *Geschichte des Fräuleins von Sternheim* (1771), which in turn was inspired by Samuel Richardson. The moral quality of Richardson's novels *Pamela* and *Clarissa* attracted much attention and interest in Germany, and their popularity also enhanced the prestige of German prose fiction. Richardson's sentimental domestic novels focused on a female protagonist in the private sphere of family. With the new subject matter came a new theme: besieged womanhood. Female virtue facing male seduction and corruption is also at the heart of *Julie von Hirtenthal*. Like many novels by women, Thon's novel explores the psychological preconditions that make women susceptible to the advances of men. It suggests that women's vulnerability stems from a superficial lifestyle characterized by vanity and a lack of modesty. As a remedy for this deplorable situation, Thon and many others advocate the proper education of women. Thon's novel *Briefe von Karl Leuckford* (1782) follows the popular tradition of sentimental travel literature. The narrative is based on the fiction of a packet of letters found by chance (*Brieftaschentechnik*).

It was with the tragedy (*Trauerspiel*) *Adelheit von Rastenberg* (1788) that Thon found her voice in the genre of drama, although she did not abandon prose narratives. One year later her *Marianne von Terville: Eine Erzählung* (1798) appeared. Both anonymously and under the pseudonym Jenny, she also published poems, translations, and essays in various important journals of the time, such as *Olla Potrida* (1788–90) and the famous Weimar journal, Friedrich Justin Bertuch's *Journal des Luxus und der Moden* (1786–90).

Eleonore Thon belonged to the increasing number of women who took to writing in the last three decades of the eighteenth century. They participated in the life of the many smaller and larger cultural centers in the German states. In comparison with our selective and limited contemporary canon of eighteenth-century drama, a surprisingly large number of plays enlivened the quite diverse theaters in the various German cities (Kord). Moreover, a reading craze was sweeping the country and increasing the demand for literature. Women, especially of the upper middle class, responded enthusiastically to the cultural stimulation of literature, taking their place as both readers and authors in this arena. Reading habits changed dramatically; in addition to the traditional intensive form of reading religious texts, which was now also practiced with certain secular texts such as Johann Wolfgang Goethe's *Die Leiden des jungen Werthers* (1774), extensive reading became customary. If the repeated reading of material had served to confirm social identity, literary variety challenged readers to reexamine and reconstruct their identities (Engelsing; Kittler; McCarthy). In this way, the increasing number of texts played an important role in the transformation of social and literary value systems. These changes were not welcomed in all circles. By the end of the century, authors and critics like Goethe would attribute the decline of literary standards to the influence of dilettante authors and readers, especially women.

In broad terms, women's increased literary production was linked to the German Enlightenment, which championed education and literacy. Replacing Latin as the learned language, the German vernacular facilitated the dissemination of knowledge. The intellectual climate created a larger pool of writers by encouraging those who had previously been excluded by a lack of formal education and training. The educated upper middle class considered writers to be an important resource for the negotiation of moral values. To the middle class, the bourgeoisie, literature became the central emancipatory force for "self-fashioning" (Greenblatt), that is, for the reinvention of the self. Situated between the private sphere of family and home and the public sphere of political institutions, the literary sphere (*literarische Öffentlichkeit*) fostered debate and discussions in newspapers, journals, and literature, as well as in secret societies (Freemasons).[1] Often, the literary changes anticipated and eased social change.

The transformation of the concept of familial love in the eighteenth century (Rosenberg; Wurst, *Familiale Liebe*) illustrates how literature anticipates and reinforces social change. Literature anticipated the intimate nuclear family long before it became a social reality. In a sense, literature contributed to the change from a household—where several generations and servants lived and worked together in an extended family unit—to an intimate or sentimental family group. The celebration of the sentimental family paradigm in German literature was influenced by models provided by Jean-Jacques Rousseau and, above all,

Richardson. Domestic subject matter and female heroes, filling the pages of novels and occupying the stage, dominated the German literary imagination. Within the urban middle class, the gradual replacement of the household by the nuclear family was characterized by the separation of the spheres of production, domestic work, reproduction, and consumption. As compensated labor performed by men moved outside the home, the division of labor firmly ensconced in the home the functions performed and supervised by women. The celebration of the family as the ideal nucleus of the private sphere emphasized the importance of women as wives and mothers. At the core of these refashioned familial relationships was a changing concept of love. Love, as a form of communication and identity formation, occupied a key position in the literature of the eighteenth century.

At the same time, cultural sophistication became a status symbol for the bourgeoisie, adding another, noneconomic dimension to the growth of the middle class. Women were encouraged to take an active role in the intimate and aesthetic life of the home. It was in this role that they became important consumers of literature. Consequently, the century's significant and rapid increase in literary production in all genres was linked, in part, to literature's appeal to the female audience.

The abundance of new books brought new readers and writers into the cultural sphere. It also provoked an intense debate about the proper aesthetic qualities of literary products. If the critical discussion of high literature remained in the hands of the professionals, the diverse levels of literacy and literary-cultural competence were fragmenting the monolithic concept of literature. The number of casual readers with limited education increased, and their tastes and preferences began to drive the market. Almanacs, journals, and newspapers created a hunger for novelty; people were driven to read primarily by curiosity. Instead of critical, distancing, and reflective reading, uncritical consumption became the dominant mode of literary reception in the nonprofessional realm. These two modes of reading provoked different responses from critics and educators: on the one hand, encouragement to read and, on the other, an express warning against so-called addictive reading (*Lesesucht*). Both encouragement and warning were directed particularly at women, who were often singled out in discussions about literature, its formal and aesthetic qualities as well as its function and purpose. Of course, women were not the only new readers; lower-middle-class men, especially younger, nonprofessional men, also challenged traditional reading habits. Nevertheless, in the public debate, women were considered primarily responsible for the undesirable habit of uncritical reading. In a 1799 outline of a planned essay on dilettantism, Goethe and Friedrich Schiller, the icons of Weimar classicism, excluded women from the realm of "genuine art" (*Kunst*) and relegated them to the status of dilettantes, citing women's lack of educational preparation and professional status.

Because Weimar classicism was highly influential for canon formation in German literature, its assessment of women as dilettantes contributed significantly to a lack of interest in their works. During the nineteenth century, Schiller and Goethe became the standard against which all other authors were measured. Whereas the new interest in philology and critical editions focused on canonized works, little editorial attention was given to those texts that fell short of the standard. Often such texts, not properly collected and preserved, slipped into obscurity. The invisibility of women's dramatic traditions is therefore a reflection less of eighteenth-century realities than of the reception history outlined above. There is some evidence that Eleonore Thon's play was in the contemporary canon around 1800. *Adelheit von Rastenberg* was one of a few plays by women included in a valuable listing of 225 bourgeois tragedies published between 1745 and 1798 ("Litteratur des bürgerlichen Trauerspiels"). Compiled by her contemporary, Christian Heinrich Schmid, a literary critic and professor of poetics at the University of Giessen, the listing invites several observations. The number of bourgeois tragedies was considerably larger than today's canon suggests (Gotthold Ephraim Lessing's *Miß Sara Sampson* [1755] and *Emilia Galotti* [1772] and Schiller's *Kabale und Liebe* [1784] are the plays of today's canon). Schmid's inclusion of several plays by women indicates that their plays, contrary to nineteenth-century literary historiography, were not automatically relegated to separate collections. The number of plays of knighthood or chivalric dramas (*Ritterschauspiele*) increased in the 1790s; Thon's play is one of the twelve examples that Schmid puts in that category. The heyday of chivalric plays as a popular entertainment genre came in the nineteenth century. Today, they share the fate of obscurity with many popular plays of the past. Schmid, a scholar well versed in the theory and criticism of dramatic forms of his time, considered bourgeois tragedy (*bürgerliches Trauerspiel*) the dominant genre and chivalric and historical drama subgenres.

Thon labeled *Adelheit von Rastenberg* a tragedy. Her preface adds that the story is based on an actual medieval German family chronicle ("wahre altdeutsche Familiengeschichte"). In fact, the play displays features not only of tragedy but also of bourgeois tragedy, and of chivalric and historical drama as well. It was both published separately and included in the first volume of the important collection *Deutsche Schaubühne* (1788). Unfortunately, little is known about its performance history. On the basis of the author's social status, one may infer that the play was performed only in small private circles. However, Thon's inclusion in *Deutsche Schaubühne* and in some of the major biographical and bibliographical works of the time shows a high degree of contemporary reader interest in *Adelheit von Rastenberg*.

The patterns of the literary marketplace, outlined above, and the socialization of women in and for the private sphere inform Thon's literary production, with its focus on women as central characters. Not surprisingly, women of the bourgeoisie and the nobility had more in common with each other than their male counterparts did. Socialized primarily for life in the family, they tended to receive similar educational preparation, which in turn produced similar preferences and tastes in them as consumers of cultural products. Even women in the higher ranks of the German nobility were seen more in terms of their family context than as political figures or rulers (Becker-Cantarino). For women, class was a less distinguishing feature than gender was.

The relative unimportance of class distinctions for women might partially explain why Thon did not cast her play in the genre of bourgeois tragedy. One earmark of the genre is the issue of class conflict, often framed as conflict between vice and virtue. To avoid bourgeois tragedy's conventional class struggle, with its antagonistic ethical structure, she used the convention of the chivalric play. That the main characters are members of the nobility precludes an explicit class conflict; the play focuses, rather, on moral issues. But as the historian Reinhart Koselleck points out, morality is a political concept. In his *Kritik und Krise*, he describes how the political system of absolutism was born from the conflicts of civil war. Absolutism created peace and stability by relegating individual opinions to the private sphere and at the same time consolidating all political powers and responsibilities in the public sphere. Under the protective umbrella of the private sphere, intellectuals theorized about creating a realm of morality and with it a system of self-regulation. They hoped that a self-regulatory ethics would eventually render the laws of the state obsolete. Their hope was grounded in the Enlightenment's philosophy of history, with its belief in calculability, planability, and progress. The ideal political state would be achieved when moral laws acquired a higher level of authority than political laws. In particular, the family was considered the realm of ideal human social interaction, where members were bound together by familial love and educated to become moral beings, as Jürgen Habermas argues in his *Strukturwandel der Öffentlichkeit*.

The Enlightenment also fostered modes of self-regulation. The authority of theology and the old notion of familial alliances that have external codes of conduct were increasingly replaced by internal principles of behavior. The philosophical and ethical thought of the time foregrounded the concept of virtue. Virtue was seen as the expression of an internal value system that governed relationships. Ideally, internal struggle resolved social conflict before it arose. Because this process required anticipating the views of others, it demanded a significant amount of reflection and a delay in decision making and action. The self-regulatory sense of morality provoked the criticism of a younger generation of intellectuals and authors, because it meant the repression of individual wishes and desires. With the writers of the Sturm und Drang, who voiced such concerns in the 1770s, the Enlightenment entered the stage of self-critique.

The German literary imagination was occupied not only by the conflict between personal morality and public politics but also by the concept of morality itself. In bourgeois tragedy, this conflict and this concept were negotiated in the setting of the domestic realm of the family. In this sense, bourgeois tragedy is ultimately also political. Thon's play, dealing with the negotiation of morality in the domestic realm, therefore fuses elements of bourgeois tragedy into chivalric drama. A brief comparison with the most famous chivalric drama, which was written fifteen years earlier, clarifies the uniqueness of Thon's play.

Goethe's *Götz von Berlichingen* (1773) represented a new prototype in the development of German drama. As part of a new historical awareness, each historical period began to be regarded in its own right; the medieval period, for example, lost its reputation as a barbaric dark age. At the same time, *Götz* created interest in the German national past. The protagonist, Götz, displays political qualities that the bourgeois class lacked in the eighteenth century: strength, self-confidence, and heroic spirit. He attacks the egoistic interests of particularism and its accompanying corruption. The conflict between Götz and his many antagonists takes place at the historical moment of transition between medieval and modern times. Selecting the period just before the establishment of absolutism was appropriate for two reasons: it set the stage not only for Götz's resistance to historical change but also for an eighteenth-century critique of the effects of that change. Goethe and his fellow Sturm und Drang authors considered Germany's fragmentation into many autocratically ruled principalities a major impediment to the development of a modern, economically strong, and politically influential middle class.

Adelheit von Rastenberg is not nationalistic and political in the way that *Götz* is. While *Götz* represents a change in value systems in the public sphere, *Adelheit* frames a similar change in the private sphere. Both plays show the individual faced with the challenge of self-realization in a value system in flux. Choosing a female protagonist makes a love interest the most realistic mode to portray the struggle of self-realization. The nationalistic element is relegated to the periphery. When Adelheit exclaims, "I am a German woman," the statement serves primarily as a characterization of personal conduct, signifying the highest ethical standards. It contrasts her sense of honor to that of Rastenberg's former lover, Franziska, a French woman who betrayed him.

Thon's play does not address the political dimension of nationhood or religious warfare. Instead, the influence of the genre of bourgeois tragedy underscores the private, interrelational, moral focus of the dramatic action. Despite Thon's explicit reference in the preface to the medieval period and the truthful historical core, the Crusade to Palestine is not important as a historical event. The Crusade is a device to set the domestic conflict in motion. The laws of war—coupled with familial authority—separate the lovers, Adelheit and Adelbert. The chivalric code compels Adelbert, a knight, to participate in the Crusade. In his absence, Adelheit's father forces her to marry a wealthier knight, Robert von Rastenberg. The focus is not the events of the public sphere, the male domain of battle in exotic lands, but the effects those events have on the private sphere at home.

Goethe's play was the model for several increasingly conservative chivalric dramas, which enjoyed success because of their exotic locales, costumes, and opportunities for special effects on the stage. Hinting at a return to an idealized past, these dramas allowed for the venting of discomfort and discontent with present conditions. On the whole, *Adelheit von Rastenberg* does not belong to this tradition. Thon uses neither an exotic locale nor special effects. The past is hardly idealized. Both time and place are strangely external to the plot and negotiated value system of this play. The text shows little interest in the historical specificity of medieval chivalric codes. Instead, it focuses on rights, duties, and responsibilities, that is, on the idea of morality in the author's own time. This lack of interest in historicity is one feature the play has in common with the popular dramas of knighthood. The problematic relation between love and family alliance is a decidedly eighteenth-century, not a medieval, conflict. After all, during the medieval period the highly cultured code of courtly love (*Minne*) never questioned the primacy of the familial alliance. But a medieval setting allows dramatists to avoid the issue of class conflict so dominant in bourgeois tragedy.

All the main characters of Thon's play are engaged in negotiating morality, their autonomy, and the organization of power. The action contrasts competing and conflicting views of self-determination. To this end, love—the central force in women's socialization in the eighteenth century—is selected as the arena of conflict. During her arranged, loveless marriage to Robert von Rastenberg, Adelheit is unable to forget her true love, Adelbert von Hohenburg. His unexpected return and his suggestion that Adelheit flee with him present her with a deep moral dilemma: she is torn between her love for him and her honor and duty as wife. She decides against a life with Adelbert, but an intrigue forces her into an unintended nocturnal meeting with him. Adelheit's lack of faith in her husband renders her vulnerable. She distrusts her husband to such a degree that she considers him capable of having her poisoned in his absence. Furthermore, she is not portrayed heroically; she is, in her own words, "no heroine" and does not want to face a martyr's death. This combined lack of faith and heroism could be labeled her tragic flaw. Although in her heart she senses that Robert did not plan the murderous plot (later in the play, when she is stabbed, she suddenly knows that he is not the culprit), she wavers and eventually flees. Her nocturnal flight plays into the hands of her antagonist, Bertha, who is in love with Adelbert and who feels that Adelheit stands in her way to win his love. Bertha's obsessive desire for Adelbert, who has rejected her twice, turns into hatred. By fleeing, Adelheit presents Bertha with the opportunity to kill her.

As in many other literary texts of the time, a change in value systems fuels the dramatic conflict. In *Adelheit von Rastenberg*, the changing role of the family—the transition from extended household to nuclear family—creates instability. A sanctioned marriage between socially and economically equal parties, a marriage governed by family duty and not erotic love, is beginning to give way to a more volatile, sentimental love.[2]

Thon's drama foregrounds the precarious position of the individual in modern intimate relationships. Lacking the stabilizing tradition of family alliances, they provide a certain amount of freedom but also create a sense of insecurity. The medieval setting gives the dramatist the opportunity to experiment with an ahistorical clash of mutually exclusive stages in the development of the love paradigm. It allows her to reintroduce the family alliance as part of her unique representation of the problems inherent in the sentimental love paradigm. Sexuality plays an intrinsic but not necessarily positive role—at least not for Thon's women characters. Her presentation of sexuality is ambivalent. Her concept of love is more the sentimental paradigm than an anticipation of romantic love. But just as her sentimental paradigm is contaminated by sexual tensions, the alliance system is contaminated by the desire to sentimentalize and eroticize the family, which makes marriage much more than a means for the transmission of wealth and name.

Adelheit's fate displays two paradigms of social integration. Initially, she must follow her father's wishes and put family alliance above her desires, above her sentimental love for Adelbert. Action and imagery emphasize the violence done to her by her father and by her intended husband. As the helpless victim, she is literally dragged to the altar. Robert von Rastenberg ignores her pleas for mercy. His explanation is that he himself is in the throes of passion and thus is not master of his destiny; he insists on marrying her. Robert's position as her father's designated successor allows him to conflate love and desire with family alliance. With the wedding, the rights of the father transfer to the husband; Adelheit honors and respects her husband's public authority and fulfills her duties in the household, but she refuses a private, intimate relationship, thus separating the two paradigms of family that Robert wants to merge. Because the match is not based on reciprocity, she withholds sentimental love. Her hand belongs to Robert, but her heart still belongs to Adelbert.

On his return from the Crusades, Adelbert von Hohenburg hopes to resume his relationship with Adelheit. He justifies his dishonorable request with the argument that the sentimental lovers have a prior right and that Rastenberg is a villain who took Adelheit from him. Adelbert therefore does not consider their clandestine flight morally reprehensible. His insistence on the supremacy of sentimental love is an integral part of his desire for autonomy. His request, however, destabilizes the social status quo and causes a power struggle.

The realm most closely associated with Adelheit is not the home, the intimacy of domestic living, but the seclusion of the forest. The forest affords her the individualistic but limited space where she deems herself free from her duties as wife and stepmother. The division of theatrical space into home and forest creates meaning; it portrays Adelheit's divided self. But both home and forest are multivalent. As the natural realm of the forest signifies not only freedom but also danger, the cultural realm of the home signifies not only safety but also oppression. When Rastenberg's suspicions against Adelheit mount, her home turns literally into a prison, as the metaphor of the tower, bastion of patriarchal might, suggests.

With Adelbert's return, the precarious balance between Adelheit's honor and family alliance and her desire for self-fulfillment, which she initially considered embodied in her love for Adelbert, is disturbed anew. This time, however, she has a choice and must make a decision. Her panic on seeing Adelbert and hearing his demands prompts her to rush home to her confidante, Elisabeth. Her flight resembles the famous scene in Lessing's *Emilia Galotti*—when Emilia flees from the church into the arms of her mother to escape the seduction of the prince on the day of her wedding to Count Appiani. *Emilia Galotti* is constructed around a lucky coincidence that enables the family alliance system to coexist with the sentimental love paradigm. Count Appiani, the beloved future son-in-law, is not only the worthy and fully sanctioned successor to Emilia's father but also the ideal sentimental lover. Emilia's anxiety is caused by her intuition that this new paradigm, which equates sentimental familial love with love between the couple, ignores and devalues the force of sensuality and sexuality.

Adelheit's turmoil in the analogous scene is given no explanation beyond the comment that the meeting with her "soul mate" ("Mann meiner Seele") does not provide Adelheit with the calming sense of closure that she had wished for. The structure of the play precludes such an explanation. Should we read this allusion to *Emilia Galotti* as a metonymic replacement for the unspeakable, that is, a woman's desire? Adelbert is a much more physical lover than Count Appiani; he can hardly keep his hands off Adelheit, and she virtually has to pull away from his embrace. Combining the traits of Count Appiani and Prince Hettore Gonzaga in *Emilia Galotti*, Adelbert von Hohenburg might be the ideal romantic lover. But Thon's play connects physicality and sexuality with images of violence: Adelheit perceives Adelbert's attempt at a physical embrace as a threat, and Bertha's hysterical passion (*Leidenschaft*) for Adelbert brings death and destruction.

The author chooses to have as her heroine a mature Adelheit instead of a naive, young, nubile Adelheit. This choice reverses the convention of bourgeois tragedy, in which a young virgin is the site of a clash between vice and virtue, duty and happiness, or familial authority and sentimental love. While the young Adelheit might have framed such a conflict, the mature Adelheit finds the conflict to be between honor and disgrace. The honorable solution is to remain with her husband and keep her vows, thus reaffirming the security of the family alliance with its stable social position. She will pay for this solution with her continued unhappiness. Her second option is to flee with Adelbert, who will make her his lover and common-law wife. This prospect, marred by disgrace and dishonor, makes her "no happier" ("nicht glücklicher"). She chooses honor, chooses the existing social system with its laws of conduct.

Adelbert bases his sense of honor on the logic of war and conflict: victory proves the cause to be a just one, and might makes right. He links honor with heroism, that is, with performance in battle. His philosophy is that the stronger overpower the weaker. In his own life, he first perceived himself as the (financially) weaker contender for Adelheit's hand—thus he lost her. Returning, he interprets his victorious survival as a sign from above that he is to win Adelheit back. He rationalizes that the word of God supersedes the word of His representatives on earth, who include the priest who married Adelheit and Robert. Adelbert's need to effect his own fate strengthens this belief. His sense of virtue has the air of contingency—it is not absolute and unalterable but context-dependent. It allows him to argue that two wrongs can make one right: because Robert married Adelheit against her will, her breaking of the marriage vows is justified.

Recent social and psychological studies of morality (e.g., Lawrence Kohlberg's) suggest several hierarchical levels of moral sophistication. Although Carol Gilligan has called into question the universality of Kohlberg's levels with respect to gender and although those levels ignore historical specificity, they nevertheless shed light on various moral positions in Thon's play. Adelheit displays what according to Kohlberg is the highest level of morality: the subordination of relationships to rules and of rules to universal principles of justice. Her concept of honor is absolute. It is based on abstract laws: her sense of duty to keep her word, her wedding vows. Refusing Adelbert's context-dependent morality, she wills a victory over her own wishes. For men, heroism was usually described as bravery and the active, successful overcoming of adversity; for women, it referred to the defense of sexual purity. Women's heroism does not conquer exterior worlds; it conquers, rather, a part of their inner world, typically their desires. Adelheit is not portrayed as the victim of an obsessive and repressive focus on sexual purity. Her refusal to leave her husband and break her promise to him is instead valued as an act of honor and strength. In the end, Adelbert has to concede that his individualistic, conflict-based understanding of honor, which ignored the rights and desires of others (Rastenberg's rights, Bertha's desires), was the cause of the resulting deaths.

The sentimental and romantic love paradigms are less stable than the social organization based on familial patterns. Thon's drama portrays excessive passion negatively; excessive passion led to the unhappy marriage of Rastenberg, whose desire made him insist on possessing Adelheit as his wife although her heart did not belong to him. Reciprocity, a necessary ingredient in love matches, cannot be willed or forced. Passion costs Bertha her dignity, her honor, and eventually her life. Her attempts to win Adelbert as husband-lover and her subsequent revenge are in vain. In addition, her character suggests the frightening possibility that as paradigms change, individuals might actually remain completely unintegrated, grounded neither by the family alliance nor by sentimental love. The dark side of the new organization of social spaces emerges. Because the sentimental and, later, romantic paradigms are highly individualistic and exclusive and yet depend on reciprocity and voluntary consent, they are difficult to realize and unreliable. When Bertha is rejected by Adelbert twice, her love turns into rage and hatred. Taking revenge, she kills Adelheit and then herself. At first glance, she resembles the villainesses of bourgeois tragedy, the lascivious noblewomen in the tradition of Marwood in *Miß Sara Sampson* and Countess Orsina in *Emilia Galotti*. Bertha is, however, a new form of social outcast. Her unrequited desire for Adelbert can no longer be socially integrated.

In this respect, she is like the male characters from Sturm und Drang drama, like Guelfo in Friedrich Maximilian Klinger's *Die Zwillinge* (1776) or Franz Moor in Schiller's *Die Räuber* (1781). Moreover, in the gender coordinates of the time, her desperate insistence on revenge defeminizes her. When her traditional female scheming—the seduction of Rastenberg's son, Franz, and the poisoning of Adelheit—fails, she takes the instrument of revenge, the dagger, literally into her own hands and stabs her rival. Elisabeth's horrified characterization of Bertha as "unnatural" ("unnatürlich") and disgusting hints at the infringement of gender boundaries. Bertha's transgression is a metaphor of the dangerous, socially destabilizing effect of sentimental and romantic love. Furthermore, the play points to contradictions in this new paradigm. Reciprocity in love requires equality, but equality was not supported by the social structure. Gender-specific behavior patterns and value systems, for example, discouraged the open display of desire and passion in women. The play seems to voice suspicion about the sentimental-romantic love paradigm's claim of equality for the sexes. Love costs all the female characters their lives. Only that erasure brings Adelbert, Robert, and Franz to their senses. Adelbert admits the problematic nature of his passion and realizes that Adelheit's position was morally superior to his. By taking up arms in defense of his God, he hopes to repent the error of his ways and wash away his weakness in the blood of God's enemies. Robert and Adelbert assure each other of their forgiveness and friendship. Adelbert assumes the role of mentor for Franz, whom he takes with him on the Crusade.

In the negotiation of family alliance versus sentimental paradigm, the implicit political position of this drama is conservative. The drama suggests that social structures and laws are necessary for the protection and continued integration of weaker individuals, in this case women. The author has doubts both about family alliance, which disregards individual wishes and the freedom of self-determination, and about the sentimental-romantic paradigm, which is irrational, chaotic, and unpredictable and which exposes the individual to the danger of remaining totally unintegrated. The dramatic text, instead, seems to advocate enlightened rationalism: an ethical and benevolent interpretation of given laws and social structures. On the eve of the French Revolution, the play cautions against the dissolution of the things that guard against the chaos of individual desires and wishes.

Karin A. Wurst
Michigan State University

Notes

[1]Jürgen Habermas's study of the "structural transformation of the public sphere" focuses on the political potential of intense literary exchange.

[2]Romantic love that includes the celebration of sexuality would eventually replace the sentimental love paradigm. Niklas Luhmann's hypothesis that in German literature the evolution of the semantics of love was static during the eighteenth century has to be corrected (Gries). Early Enlightenment drama—for example, *Die ungleiche Heirath* (1743), by Luise Adelgunde Gottsched—still celebrated the traditional family alliance model. It sanctioned marriage between socially and economically compatible parties, marriage being a means for the regulation of practical interests. A new stage in the evolution of love was reached when sentimental drama emotionalized the family alliance in an attempt to combine or conflate it with sentimental love.

Lessing's *Miß Sara Sampson* is an example. With its strong foundation in friendship, sentimental love is based on exclusivity and reciprocity. In Lessing's *Emilia Galotti* the exclusion of sexuality from sentimentalism produces a crisis that eventually, by the turn of the century, leads to the romantic paradigm. Thon's play belongs in this moment of crisis that renegotiates the sentimental love paradigm.

PRINCIPAL WORKS BY Eleonore Thon

Novels

Julie von Hirtenthal. Eine Geschichte in Briefen. 3 vols. Eisenach: Wittekind, 1780–83.

Briefe von Karl Leuckford. Eisenach: Wittekind, 1782.

Marianne von Terville. Eine Erzählung. Leipzig: n.p., 1798.

Editions of *Adelheit von Rastenberg*

Adelheit von Rastenberg. Weimar: Hoffmannische Buchhandlung, 1788.

"Adelheit von Rastenberg." *Deutsche Schaubühne* 1 (1788): 251–318.

WORKS CITED AND CONSULTED

Armstrong, Nancy, and Leonhard Tennenhouse, eds. *The Ideology of Conduct: Essays on Literature and the History of Sexuality*. New York: Methuen, 1987.

Bartels, Adolf. *Geschichte der thüringschen Literatur*. Vol. 1. Jena: Biedermann, 1938.

Becker-Cantarino, Barbara. *Der lange Weg zur Mündigkeit: Frau und Literatur (1500–1800)*. Stuttgart: Metzler, 1987.

Brown, Marshall. *Preromanticism*. Stanford: Stanford UP, 1991.

Bruford, Walter. *Germany in the Eighteenth Century: The Social Background of the Literary Revival*. Cambridge: Cambridge UP, 1949.

Dawson, Ruth. "Women Communicating: Eighteenth-Century German Journals Edited by Women." *Archives et Bibliothèques de Belgique* 54 (1983): 95–111.

Eagleton, Terry. *The Rape of Clarissa: Writing, Sexuality and Class Struggle in Samuel Richardson*. Oxford: Blackwell, 1982.

Engelsing, Rolf. *Der Bürger als Leser: Lesergeschichte in Deutschland 1500–1800*. Stuttgart: Metzler, 1974.

Friedrichs, Elisabeth. *Die deutschsprachigen Schriftstellerinnen des 18. Jahrhunderts. Ein Lexikon*. Stuttgart: Metzler, 1981.

Gilligan, Carol. *In a Different Voice: Psychological Theory and Women's Development*. 1982. Cambridge: Harvard UP, 1993.

Goethe, Johann Wolfgang, and Friedrich Schiller. "Über den Dilettantismus." 1799. *Gedenkausgabe der Werke, Briefe und Gespräche: Schriften zur Literatur*. Zürich: Artemis, 1950. 729–54.

Gottsched, Luise Adelgunde Viktorie. *The Mésalliance.* Pietism in Petticoats *and Other Comedies.* Trans. and ed. Thomas Kerth and John R. Russell. Columbia: Camden, 1994: 73–138.

Greenblatt, Stephen. *Renaissance Self-Fashioning: From More to Shakespeare.* Chicago: U of Chicago P, 1980.

Gries, Jutta. *Drama Liebe: Zur Entstehungsgeschichte der modernen Liebe im Drama des 18. Jahrhunderts.* Stuttgart: Metzler, 1991.

Gross, Heinrich. *Deutschlands Dichterinen und Schriftstellerinen. Eine literarhistorische Skizze.* 2nd ed. Wien: Gerold, 1882.

Habermas, Jürgen. *Strukturwandel der Öffentlichkeit: Untersuchung zu einer Kategorie der bürgerlichen Gesellschaft.* Neuwied: Luchterhand, 1962. Trans. as *The Structural Transformation of the Public Sphere: An Inquiry into a Category of Bourgeois Society.* Trans. Thomas Burger. Cambridge: MIT P, 1989.

Hamberger, Georg, and Johann Georg Meusel. *Das gelehrte Teutschland.* 1796–1834. Hildesheim: Olms, 1965–66.

Hirsch, Marianne, Ruth Perry, and Virginia Swain. Foreword. *In the Shadow of Olympus: German Women Writers around 1800.* Ed. Katherine R. Goodman and Edith Waldstein. Albany: State U of New York P, 1992. vii–xi.

Hoff, Dagmar von. *Dramen des Weiblichen: Deutsche Dramatikerinnen um 1800.* Opladen: Westdeutscher, 1989.

Killy, Walter. *Literaturlexikon.* Vol. 11. München: Bertelsmann, 1991.

Kittler, Friedrich A. *Aufschreibesysteme 1800/1900.* München: Fink, 1985.

Kohlberg, Lawrence. *The Philosophy of Moral Development.* San Francisco: Harper, 1981.

Kord, Susanne. *Ein Blick hinter die Kulissen: Deutschsprachige Dramatikerinnen im 18. und 19. Jahrhundert.* Stuttgart: Metzler, 1992.

Koselleck, Reinhart. *Kritik und Krise: Eine Studie zur Pathogenese der bürgerlichen Welt.* 1959. Frankfurt: Suhrkamp, 1973. Trans. as *Critique and Crisis: The Enlightenment and the Origins of Political Hypocrisy.* Cambridge: MIT P, 1987.

Lamport, F. J. *German Classical Drama: Theatre, Humanity and Nation*. Cambridge: Cambridge UP, 1990.

Lange, Victor. *The Classical Age of German Literature, 1740–1815*. London: Holmes, 1982.

Leidner, Alan C. *The Impatient Muse: Germany and the Sturm und Drang*. Chapel Hill: U of North Carolina P, 1994.

Luhmann, Niklas. *Liebe als Passion. Zur Codierung von Intimität*. 3rd ed. Frankfurt: Suhrkamp, 1983.

McCarthy, John A. "The Art of Reading and the Goals of the German Enlightenment." *Lessing Yearbook* 16 (1984): 79–94.

Rosenberg, Heidi. *Formen der Familie*. Frankfurt: Suhrkamp, 1982.

Schindel, Carl Wilhelm Otto August von. *Die deutschen Schriftstellerinnen des neunzehnten Jahrhunderts: Drei Teile in einem Band*. 1823–25. Hildesheim: Olms, 1978.

Schmid, Christian Heinrich. "Litteratur des bürgerlichen Trauerspiels." *Deutsche Monatsschrift* Dec. 1798: 282–314.

Schmidt, Henry J. *How Dramas End: Essays on the German Sturm and Drang, Büchner, Hauptmann, and Fleisser*. Ann Arbor: U of Michigan P, 1992.

Touallion, Christine. *Der deutsche Frauenroman des 18. Jahrhunderts*. Wien: Braunmüller, 1919.

Ward, Albert. *Book Production, Fiction and the German Reading Public, 1740–1800*. Oxford: Clarendon, 1974.

Wurst, Karin A. *Familiale Liebe ist die "wahre Gewalt": Zur Repräsentation der Familie in G. E. Lessings dramatischem Werk*. Amsterdam: Rodopi, 1988.

———. *Frauen und Drama im achtzehnten Jahrhundert*. Köln: Böhlau, 1991.

NOTE ON THE TEXT

In 1788, Eleonore Thon's *Adelheit von Rastenberg* appeared simultaneously as an independent book published by the Hoffmannische Buchhandlung in Weimar and as a contribution to volume 1 of *Deutsche Schaubühne*. The text used for this reprint and translation is the book, which was released and marketed by the Hoffmannische Buchhandlung for the Leipzig Easter Book Fair. The book does not bear the author's name, but anonymity was not unusual during that period. The copy we used is housed at the Deutsches Literaturarchiv Marbach. We are grateful to the archive for permission to reprint and translate the text.

There are no modern editions or reprints of the play. The modernizations and standardizations, limited predominantly to orthography, are ours. Obvious mistakes or misprints were corrected.

The original paragraph structure and centering of act and scene designations as well as of the stage directions, which we italicize, are retained. We retain the centering of the names of the characters on stage but place the names of the characters speaking at the left.

Because the play was not reprinted until now, there exists little critical discussion—especially in English—

about Eleonore Thon and her works. We have therefore added to the works-cited list reading selections that provide information about eighteenth-century literature and culture in Germany.

KAW and GFP

Adelheit von Rastenberg

Ein Trauerspiel in fünf Aufzügen

[Eleonore Thon]

Weimar in der Hoffmannischen Buchhandlung
1788

Personen

Robert von Rastenberg } Ritter
Adelbert von Hohenburg }
Adelheit, Roberts Gemahlin
Elisabeth, ihre Vertraute
Bertha, verwitwete Gräfin von Wildenau
Franz, Rastenbergs unehelicher Sohn 19 Jahre alt
Wenzel, Hohenburgs Schildknappe und Vertrauter
Curt, in Rastenbergs Diensten
Ein Einsiedler
Mehrere Knappen und Bewaffnete
Berthas Gefolge

Die Handlung geht, während den Kreuzzügen, in Franken vor, beginnt am Morgen und dauert bis an den dritten Tag.

Vorbericht

Das Sujet dieses Trauerspiels ist eine wahre altdeutsche Familiengeschichte, woran nur die Namen geändert, und kleine Züge erdichtet sind, welche die Begebenheiten, teils mehr zusammen drängen, um dem Stücke Handlung und Leben, teils sie mehr motivieren, um ihnen mehr Wahrheit und tragisches Interesse zu geben. Die Schauspieldichter haben sich diese Freiheit, wahre Geschichte ihrem Plane anzupassen, beständig erlaubt: und Veränderungen dieser Art sind ihnen ohne Widerrede erlaubt, wenn sie zweckmäßig sind, und zweckmäßig sind sie, wenn sie Wirkung tun.

Leipziger Ostermesse 1788

ERSTER AUFZUG

Morgens sehr früh in einem Wäldchen,
ohnweit Rastenbergs Burg.

Erster Auftritt

Hohenburg, Wenzel

HOHENBURG: Hierher wird sie kommen?

WENZEL: Ja, Herr! wie ich erkundschaftet, ist es ihre Sitte jeden Morgen, wenn ihr Gemahl auf der Jagd ist, hier einsam zu wallen. Wahrlich! dies Plätzchen ladet ein! diese Fichten sind zur Einsiedelei der Liebe gewachsen! dieses Dickicht. (*sich umsehend*) Seht! Was schleicht dort? – das ist sie – Entfernt euch, lieber Herr! damit sie durch meinen Anblick auf den Eurigen vorbereitet werde.

HOHENBURG: Wie mir das Herz schlägt! so schlug's nicht, als ich das erste Mal dem Feind mein Visier wies. –

WENZEL: Glaub's wohl, guter Herr! glaub's wohl! –
Ein schönes Weib ist auch der Feinde gefährlichster.

Zweiter Auftritt

Wenzel, Adelheit

Adelheit kommt langsam, sieht schwermütig vor sich hin: Wenzel stellt sich ihr in den Weg.

WENZEL: Guten Tag, Edle Frau! kennt ihr mich noch?

ADELHEIT (*erschrocken*): Wen seh' ich! – Wenzel! du hier?

WENZEL: Ja leibhaftig! aber warum so traurig, Edle Frau? lächelt nur immer, ich bring Euch fröhliche Botschaft.

ADELHEIT (*hastig*): Von deinem Herrn? – (*bei Seite*) O Herz, wie verrätst du dich!

WENZEL (*gibt ihr einen Brief*): Da nehmt hin!

ADELHEIT (*hastiger wie vorhin*): Er lebt also? Wo ist er?

WENZEL: Vielleicht näher als Ihr denkt. – Aber ich bitt' Euch, lest doch.

Adelheit liest zitternd, verbirgt den Brief und seufzt.

WENZEL: Nun, einen so lieben Brief werdet Ihr doch nicht bloß mit einem Seufzer beantworten.

ADELHEIT: Wie kann ich anders? – Weißt du nicht, daß ich Rastenbergs Weib bin?

WENZEL: Und Hohenburgs Geliebte. –

ADELHEIT: Was sagst du? –

WENZEL: Was mein Herr Euch gleich selbst sagen wird. (*ab*)

Dritter Auftritt

Adelheit, Hohenburg

HOHENBURG (*eilt hervor und umarmt sie*): Ja Adelheit, noch immer bist du die Geliebte meiner Seele.

ADELHEIT (*verlegen*): Adelbert! – Ritter! – – Was tut Ihr! – ich bin nicht mehr frei.

HOHENBURG: Warum nicht, Adelheit? – Ehebande konnten dein Herz nicht fesseln, dies blieb ja selbst in Rastenbergs Umarmung mein – oder, sprach falsch dein Bruder? – täuschte mich dein Brief, den er mir mit ins heilige Land brachte? – oder zwang dein harter geiziger Vater dich nicht, den reicher'n Rastenberg anzunehmen? War er (*mit einiger Bitterkeit*) vielleicht deine eigene Wahl?

ADELHEIT: Hast du meinen Bruder gesprochen, meinen Brief gelesen; so verkenne mich und die Wahrheit nicht. Elf Monde widerstand ich den Bitten und Drohungen meines Vaters, endlich schleppt' er mich selbst zum Altar, „wähle hier", sprach er, und sein Auge rollte fürchterlich – „wähle hier Rastenberg oder meinen Fluch!" Ich warf mich zu Rastenbergs Füssen, bat um meine Freiheit, aber er sagt': er sei selbst nicht frei, sei in meine Liebe verstrickt. Der Vater drückte gewaltsam unsre Hände zusammen und – (*seufzend*) so wurden wir Mann und Weib.

Mein Bruder ergrimmte über meinen Vater, nahm ohne sein Wissen das Kreuz und versprach nicht eher zu rasten, bis er Dich gefunden und Dir jenen Brief eingehändiget habe.

HOHENBURG: Er hat's gehalten der Edle! – und mehr getan als versprochen, hat meinen Schmerz gekühlt, und dagegen den Vorsatz in mir angefeu'rt, zurück zu kehren, und dich Rastenbergs Armen zu entreißen.

ADELHEIT: In diesem Zug erkenn' ich seine jugendliche Hitze. Aber wo ist er? – Kam er nicht mit dir zurück? –

HOHENBURG (*drückt ihr die Hand*): Nein Beste! – aber diesen Händedruck schickt er dir.

ADELHEIT: Er lebt doch? –

HOHENBURG: Ja, teures Weib, in einer bessern Welt, wo er den Lohn seiner Tapferkeit empfängt.

ADELHEIT: Gott! so ist er dahin! – Mein Vater, der sich um den Verlust dieses Einzigen härmte, ist auch nicht mehr. Wohl ihm! – Sage mir Adelbert, wann starb mein Bruder, und wie?

HOHENBURG: Es ist nun ein völliges Jahr, da starb er den Heldentod an meiner Seite. Indem er fiel, drückte er mir die Hand, und sprach „dies ist für Adelheit, und sie ist dein". Diese letzten Worte schallten durch die Tiefen meiner Seele. Im Getümmel der Schlacht und in der Stille des Gebets, wachend und träumend, hört' ich: Adelheit ist dein. Mein Mut wurde stärker, ich schlug mich siegend durch die schrecklichsten Gefahren, und nun, Adelheit, sieh hier den Sieger zu deinen Füssen, blick liebevoll auf ihn herab, und sei der Lohn seiner Tapferkeit.

ADELHEIT: Steh auf Hohenburg, was kann ich für dich tun?

HOHENBURG: Mit mir nach Thüringen fliehn – –

Adelheit fährt zurück.

HOHENBURG: Erschrick nicht, Liebe! Meine Schwester, ein biederes braves Weib und vormals selbst durch Liebe unglücklich, wartet dort unserer schon, sie wird uns freundschaftlich aufnehmen, wir werden – –

ADELHEIT (*unterbricht ihn*): Sieh, Hohenburg, heute sind's gerade vier Jahr, daß ich meinem Mann eheliche Treue schwören mußt' – ich bin seitdem sehr unglücklich, laß mich nicht auch meineidig werden.

HOHENBURG: Erzwungener Eid ist Gottes Leid! Sieh das Zeichen des Himmels! Sieh mich hier, entronnen den Gefahren, sieh mich hier, geleitet durch Wüsten und Meere, bis zu dir, Holde, durch dessen Hand, der unsre Herzen band, ehe noch ein Priester vorm Altar seine Gottheit vertrat. Der über uns ist, öffnet dir selbst meine Arme – folg mir nach Thüringen.

ADELHEIT: Laß mich Adelbert, laß mich!!

HOHENBURG (*hält sie fest*): Nein, Liebe, ich laß dich nicht. Du bist, wenn des Himmels Stimme lauter spricht als des Priesters Segen, meine Gattin – meine Geliebte, wenn dein Herz nicht heuchelt, und du verstehen willst, was hier im meinigen spricht – mein Vermächtnis, wenn du des Bruders letztes Wort noch ehrst.

ADELHEIT (*will sich loswinden*): Laß mich, um Gotteswillen laß mich, wir sind hier nicht sicher.

HOHENBURG (*hastig*): Bei dem Ewigen, der unsere Lieb' und unser Schicksal wog! Ich laß' dich nicht, du sagst mir denn wo ich dich wiederfinde.

ADELHEIT (*stotternd*): Nun – – heut' Abend – – drüben beim Einsiedler.

HOHENBURG: Adelheit, Adelheit, täusche mich nicht!!!

ADELHEIT: O Adelbert! O ihr Heiligen!

Beide von verschiedenen Seiten und Adelheit sehr eilig ab.

Vierter Auftritt

Saal in Rastenbergs Burg.

Elisabeth

ELISABETH (*geht unruhig herum*): Wo nur Adelheit so ungewöhnlich lange bleibt! – Hohenburgs Schloß liegt nicht weit von hier – – wenn das Gerücht von seiner Zurückkunft gegründet, wenn er ihr begegnet wäre – – ach – wie mir so bang ist!

Fünfter Auftritt

Adelheit, Elisabeth

ADELHEIT (*stürzt zur Tür herein in Elisabeths Arme*): O Elisabeth! – ich hab' ihn gesehn, den Mann meiner Seele hab' ich gesehn! –

ELISABETH: Wen – – Hohenburgen?

ADELHEIT: Ihn selbst, und ich bin nicht glücklicher. Oft, wenn ich einsam durch den kleinen Wald schlich, dacht' ich, könntest du nur einmal seinem Geist begegnen, es würde besser mit dir, würdest ruhiger werden. Himmel! ich sah ihn selbst, hörte seine Stimme! aber sie sprach mir nicht Ruh' ins Herz.

ELISABETH: Gute Adelheit, bist in heftiger Bewegung.

ADELHEIT: Hast wohl Recht. (*zeigt aufs Herz*) Hier ist ein gewaltiger Aufruhr, hilf mir beten, Mädchen, daß dieser Aufruhr sich lege.

ELISABETH: Wo trafst du Hohenburgen? was sagt' er dir?

ADELHEIT: Still, mich dünkt ich höre meinen Mann. Folge mir in meine Kammer, dort sollst du alles erfahren.

Beide ab.

Sechster Auftritt

Rastenberg, Franz (*kommen von der Jagd*)

RASTENBERG: Also schon seit vierzehn Tagen ist Ritter Hohenburg zurück?

FRANZ: Ja, Vater.

RASTENBERG: Weißt du's gewiß?

FRANZ: Gewiß! Auch hab' ich gestern Abend, da ich von der Jagd kam, Wenzeln ohnfern der Burg gesehen.

RASTENBERG (*mit einiger Unruhe*): Kannt' er dich?

FRANZ: O, so gut wie ich ihn, aber er verlor sich gleich seitwärts. Habt nur immer ein Aug' auf Eure Gemahlin – – Hohenburg könnt' Euch gefährlich werden.

RASTENBERG (*mit erzwungener Kälte*): Ich fürcht' ihn nicht. Allein dein Rat ist dennoch gut.

FRANZ: Halt' ihn selbst dafür, Vater, denn (*etwas schüchtern*) Adelheit hat Euch nie geliebt.

RASTENBERG: Traurige Wahrheit! Franz! Dies Weib, welches ich bis zum Wahnsinn liebte; das ich noch jetzt anbete, macht mich unaussprechlich elend! –

FRANZ (*noch schüchterner*): Verzeihung, Vater – – ich fürcht' – – Ihr habt's an meiner Mutter verdient.

RASTENBERG (*heftig*): An deiner Mutter? – Bube, weißt du, was du red'st!

FRANZ (*dreister*): Verzeihung, Vater! war meine Mutter nicht von edler Geburt? bin ich nicht der lebendige Beweis ihrer Zärtlichkeit für Euch? – – (*seufzt tief*) Ihr verstießt sie!

RASTENBERG (*gemäßigt*): Franz, diese Vorwürfe ließt du mich schon manchmal still in deiner Miene lesen, und ich schwieg. Jetzt da du kühn genug bist, mir sie laut zu machen, halt' ich's für Pflicht, dir die geheime Geschichte deiner Mutter zu erklären. Sie ist kurz; aber lehrreich für dich, und rechtfertigend für mich. Deine Mutter war von edlem französischen Geblüt, war schön, aber arm, darum wollte mein Vater nicht in unsre Heirat willigen. Ich liebte sie mit dem Feuer der ersten Jugend, und vermocht's nicht, sie zu lassen, auch schwur sie mir ew'ge Treue, und da versprach ich, wenn sie meiner würdig bliebe, sie nach dem Tod meines Vaters zum Altar zu führen. Nun waren wir unsrer Meinung nach, vor Gott verbunden, du kamst zur Welt, zwei Jahre verhehlten wir deine Geburt, dann wurdest du deinem Großvater verraten, er erbost' und zwang mich in den heil'gen Krieg zu ziehen, wo ich meine Sünde durch Tapferkeit abbüßen sollte. Bei unserer Trennung versorgt' ich deine Mutter mit Geld, ermahnte sie ihres Schwurs eingedenk zu bleiben, und, weiß der Allmächtige, der die geheimsten

Winkel dieses Herzens durchschaut, wär' sie nicht eidbrüchig geworden, sie, und keine and're, wär' jetzt mein Weib. Aber, was tat sie? indes ich mit Gefahr und Tod um Ruhm und Ehre kämpfte, wiegte sie sich im Schoß der Wollust und vergaß meiner bei einem elenden Weichling, den der Feind nie anders, als im Rücken sah, und der meiner Rache entfloh. Mein Vater starb, ich kam nach acht Jahren ins Vaterland zurück, erfuhr ihr Verbrechen und stieß sie ins Kloster, aus welchem sie ohnlängst entkam. Fünf Jahre lang floh ich dann das ganze weibliche Geschlecht – o hätt' ich's ewig geflohn! aber ich sah Adelheit, sie riß mich unwiderstehlich hin, ihr Vater unterstützte meine Leidenschaft mächtig – – doch dies letzte weißt du ja all? Sag mir nun, hältst du mich noch für ungerecht gegen deine Mutter?

FRANZ (*mit einer Art von edlem Unwillen*): Nun Vater, wenn sie so handeln konnte, zerriß sie selbst die Bande, die Euch an sie hefteten. Aber – (*nach einer kleinen Pause*) warum muß ich Unschuldiger mit für die Schuldige büßen? Warum muß ich der Welt zum Spott als Bastard umhergehen?

RASTENBERG (*gerührt*): Hab' ich das Unrecht deiner Geburt nicht durch die liebreichste Sorgfalt gut zu machen gesucht? hab' ich dich nicht auf meinen Armen in diese Burg getragen? bist du hier nicht unter meinen

Augen aufgewachsen, ohne irgend einen Mangel zu fühlen? Tu' ich nicht noch immer viel für dich?

FRANZ: Viel, aber nicht alles. Bin ja bei all' Euern großen Wohltaten doch nur ein Bastard. O, wenn Ihr's fühlen könntet wie mein auflodernder Mut so schrecklich durch den Gedanken niedergedonnert wird „bist ein Bastard" – – Vater, wenn Ihr's fühlen könntet, Ihr erbarmtet Euch meiner.

RASTENBERG (*äußerst gerührt*): Franz – – mein Sohn – – du willst mir das Herz durchbohren.

FRANZ: Nein, aber rühren möcht' ich dies Vaterherz, daß es sich meiner erbarmte.

RASTENBERG: Hast deine Absicht erreicht. Was willst du noch von mir?

FRANZ (*knieend*): Euren Namen, Vater, Euren edlen Namen.

RASTENBERG (*hebt ihn auf*): Sollst ihn haben, Sohn, vor Gott und Welt. Ich will dich ritterlich ausrüsten, und gibt mein Weib wie's scheint mir keine Kinder, so sollst du auch der Erbe von allem sein, worüber Lehnsherr und Agnaten nicht zu gebieten haben.

FRANZ (*freudig*): Wirklich, Vater, wollt Ihr das?

RASTENBERG: Ich will's.

FRANZ: Nun so gebt mir Eure ritterliche Rechte drauf.

RASTENBERG (*reicht ihm die Hand*): Noch nie brach ein Rastenberg sein Wort, merk dir das.

FRANZ: Ha! nun fühl' ich erst, daß Euer Blut in meinen Adern wallt. Segen über Euch und meine künft'gen Taten.

RASTENBERG (*bei Seite*): Die Freude wirkt heftig auf ihn, (*zu Franz*) geh mein Sohn, erhole dich, und rufe mir Adelheit her.

FRANZ (*umarmt seinen Vater*): Gleich, mein Vater. (*ab*)

Siebenter Auftritt

Rastenberg (*allein*)

RASTENBERG: Noch ist mein Herz nicht so ganz arm! Fehlt mir auch die Zuneigung meines Weibes, so hab' ich doch einen Sohn, der mich liebt, der sein ganzes Glück darin findet, mir anzugehören. O möchte die Vaterliebe dies Herz bald so ganz ausfüllen, daß jenes unglückliche Gefühl für eine Undankbare keinen Platz mehr darin fände! –

Achter Auftritt

Rastenberg, Adelheit

ADELHEIT: Hier bin ich, Robert, was hast du mir zu sagen?

RASTENBERG: Viel, sehr viel hätt' ich dir zu sagen, aber (*sieht ihr ins Auge*) hast ja wieder geweint, wirst mir wohl nie ein frohes Angesicht zeigen?

ADELHEIT: Ich scheine nicht zur Freude geboren.

RASTENBERG: Sprich nicht so! Jedes Geschöpf ist zur Freude geboren, aber du stößest sie von dir, wie meine Liebe. Adelheit! Adelheit! wie viel hab' ich schon um dich gelitten! – erquicke mich wenigstens durch süße Täuschung, heuchle mir Zärtlichkeit. Solltest du das nicht können? bist ja mein Weib.

ADELHEIT: Deine Begriffe von Weib scheinen durch Franzens Mutter sehr herabgewürdigt. (*mit Würde*) Aber wisse, ich bin ein deutsches Weib und keiner Verstellung fähig.

RASTENBERG (*unwillig*): O sag lieber ein undankbares Weib! (*gemäßigt*) doch Geduld (*streicht ihr sanft übers Gesicht*) ich werde nicht ewig der Sklav' dieser Reize sein. Laß uns jetzt von etwas anderm sprechen. Du weißt, daß ich morgen gen Würzburg reisen muß, nach meiner Zurückkunft will ich mir eine häusliche Freude bereiten, will Franzen für meinen rechtmäßigen Sohn erklären lassen. Bist's doch zufrieden?

ADELHEIT: Warum nicht, bist ja Herr zu tun was dir gefällt.

RASTENBERG: Ich fürcht' diese Antwort kam nicht aus dem Herzen; du magst den Jungen nicht recht leiden, hältst ihn für falsch, tust ihm aber zu viel. Eben hatt' ich einen rührenden Auftritt mit ihm, wo sein ganzes Herz entfaltet vor mir lag. Es ist wirklich gut und wird jetzt von einem Mut belebt, der meinem Namen Ehre machen kann. (*seufzend*) Auch darf ich ja nicht hoffen, daß du mir je einen liebern Sohn schenken wirst.

ADELHEIT: Ich bin alles zufrieden. Robert, hast fürwahr Unrecht, wenn du an der Aufrichtigkeit meiner Worte zweifelst.

RASTENBERG: Will nicht mehr zweifeln. Hab' Dank! (*Adelheit will gehen*) Noch eins, weißt du, daß Hohenburg wieder daheim ist?

ADELHEIT (*unruhig*): Ja – – ich weiß es.

RASTENBERG (*der ihre Unruhe bemerkt*): Nun so wirst du – was auch dein Herz dagegen einwenden möchte – dich hüten ihn zu sehen.

ADELHEIT: Werd' mich für alles hüten, was dir und mir Schande bringen könnte.

RASTENBERG: So gehab dich wohl, auf baldiges Wiedersehn. Jetzt will ich gehn, mit meinen Reisigen Anstalten auf Morgen zu treffen.

Adelheit reicht ihm gerührt die Hand, die er mit einem forschenden Blick auf ihr Gesicht küßt, und dann ab.

Neunter Auftritt

Adelheit

ADELHEIT: Ich werde nichts tun, was dir und mir Schande bringen könnte. Das heißt Adelbert nicht aufsuchen, nicht mit ihm fliehn, aber Wort halten muß ich, und ihn heut' Abend beim Einsiedler sprechen. Denn fänd' er sich getäuscht, was hätt' ich nicht vor seiner Heftigkeit zu fürchten; (*nach einer kleinen Pause*) O ich muß ihn noch einmal sehen! (*gen Himmel blikkend*) gütiges Wesen, das über die armen, schwachen Sterblichen wacht, leite meine Schritte, und lehre mich den großen Sieg über mich selbst! –

ZWEITER AUFZUG

Gegen Abend im Wäldchen.

Erster Auftritt

Franz

FRANZ (*allein, geht unruhig auf und nieder*): Woher auf einmal diese ängstliche Unruh' in meiner Brust? war ich doch diesen Morgen noch so fröhlich, so leicht; weidete mich an meinem nahen Glück, und nun – – unerklärbares Gefühl, wenn du Ahnung wärst, Ahnung von irgend einem traurigen Zufall, der meinem Glücks-Gebäude den Umsturz droht! (*Pause*) ach! es gibt Beispiele, daß die, so am Morgen lachten, am Abend weinten. Wer weiß, ob auf mein Lager heut nicht auch noch Tränen fallen! *(bleibt in stillem Nachdenken stehen)*

Zweiter Auftritt

Franz, Bertha

BERTHA VON WILDENAU (*kommt verschleiert, betrachtet Franzen einige Augenblicke*): Endlich treff' ich dich.

FRANZ: Wer spricht hier? (*wird sie gewahr*) Gott grüß Euch, edle Frau! darf ich fragen? – –

BERTHA: Kennst du meine Stimme nicht mehr Franz?

FRANZ: Sie tönt lieblich an mein Ohr, und mich dünkt, sie schon gehört zu haben, aber ich weiß nicht, wessen sie ist.

BERTHA: Mahnt sie dich nicht an einen Gesang, dem du vor ein paar Jahren auf Rastenbergs großem Bankett zuhorchtest?

FRANZ (*hastig*): Den Gesang der schönen Bertha? (*zeigt aufs Herz*) O er drang hier tief ein! – – Himmel, und Ihr wärt Bertha?

BERTHA (*wirft den Schleier zurück*): Überzeuge dich davon.

FRANZ (*staunt sie an*): Ja wahrhaftig, die schöne Bertha selbst!

BERTHA: Schon oft hab' ich dich hier gesucht, wie kam's daß ich dich erst heute finde?

FRANZ: Ihr mich gesucht, Edle Gräfin? Wie käm't Ihr dazu, Euch so herab zu lassen?

BERTHA: Nichts von Herablassung, die Unglücklichen sind nahe mit einander verwandt, wir beide also auch.

FRANZ: Daß ich bisher unglücklich war, hab' ich nur allzu lebhaft empfunden; aber daß Ihr's seid, davon weiß ich nichts.

BERTHA: Nun, so weißt du es jetzt, ich brauch' einen Freund, einen Vertrauten wie du bist. Die edelsten tapfersten Ritter Frankenlands warben sonst um mich, aber unser Herz ist ein eigensinnig Ding, ich schlug die aus, so mich suchten, und wählte den, der mich floh, und dieser Unwürdige war Hohenburg.

FRANZ (*mit Verwunderung*): Hohenburg?

BERTHA: Wie ich dir sage. – Ich wollte meine Leidenschaft verbergen, und fing an siech zu werden. Mein Oheim, der mich nach dem Tod meiner Eltern als Tochter liebte, merkte, daß die Krankheit im Herzen lag, wußte mir mein Geheimnis abzulocken, und trug Hohenburgen eine sehr vorteilhafte Verbindung mit mir an, aber (*mit verbiss'ner Wut*) er schlug mich aus um Adelheits willen, mich, der alle huldigten! – – Dieser Schimpf brachte mich auf einmal wieder zu mir selbst, und ich suchte Rache. Allein Hohenburg entging ihr durch seinen Zug nach Palästina. Adelheit mußte sich deinem Vater vermählen, und so wurd's wieder still in meiner Seele. Der alte Graf Wildenau freite bald darauf um mich, ich nahm ihn, ohne selbst zu wissen warum, quälte mich einige Jahre mit ihm hin, und dankte dem Tod, der uns trennte. In meinem einsamen Witwen-Stande erwachte die Liebe für den Undankbaren, er kam vor vierzehn Tagen zurück, ich ließ ihn begrüßen, er erwidert' es kaum, einer meiner Befreundeten wiederholte den ehemaligen Antrag meines Oheims bei ihm, und – (*schlägt sich vor die Stirne*) o daß ich diese, diese Demütigung erleben mußte!! Er schlug mich zum zweitenmal aus. So lang eine Adelheit lebt, sprach er stolz, wird mich keine Bertha reizen.

FRANZ: Unerhört! Wie wirkte das Gräfin?

BERTHA: Wie's wirken mußte. Auf meine Liebe fiel ein giftiger Hauch der Hölle, und sie wurde Haß, glühender Haß, der nach Rache lechzt. (*zutraulich*) Franz, möchtest du nicht mir zu Gunsten ein Werkzeug der Rache werden?

FRANZ (*tritt einige Schritte zurück*): Wie versteht Ihr das, Gräfin?

BERTHA: Daß du, jedoch ohne mich zu verraten, deinen Vater davon benachrichtigst, wie Hohenburg sein Weib entführen will, und wie sie zu dem Ende diesen Abend eine Zusammenkunft drüben beim Einsiedler haben.

FRANZ (*aufgebracht*): Ha sind das ihre heiligen Gänge? (*sich fassend*) aber teure Gräfin, woher könnt ihr's mit Wahrheit wissen?

BERTHA: Von dem zärtlichen Paare selbst. Bin zeither gar oft hier herum gegangen, und da begab sich's, daß ich diesen Morgen hier hinter dem Gebüsch hinging, beide reden hörte, und alles aus ihrem eigenen Munde vernahm.

FRANZ: Dank euch, schöne Gräfin! Armer, betrogener Vater! Scheinst dazu bestimmt, das Spiel falscher Weiber zu sein. – – Meine Mutter hinterging dich, und du verstießest sie, um vielleicht noch tausendmal ärger hintergangen zu werden. Wahrhaftig, du dauerst mich; aber ich will zeigen, daß ich wert bin dein Sohn zu heißen, will deine Ehre rächen, will –

BERTHA (*unterbricht ihn*): Schwärme nicht, guter Junge, geh und handle. Doch vorher deine Hand zum Bund der Rache.

FRANZ: Hier, Gräfin.

BERTHA: Nun so geh deinen Vater aufzusuchen; aber Ihr müßt Euch verstellen, wenn Ihr Adelheit noch vor der Zusammenkunft seht, und du (*sieht ihn zärtlich an*) darfst nicht mit nach der Einsiedelei gehen, wenn Dein Vater dort sein Weib überraschen will.

FRANZ: Warum nicht?

BERTHA (*wie vorhin*): Weil ich's nicht will. Aber morgen in der Mittagsstunde schleich' ich mich wieder hierher, und da säume nicht, dich wieder einzufinden, (*seufzend*) hab' noch viel auf'm Herzen! (*will abgehen*)

FRANZ (*hält sie auf*): Noch ein Wort, schöne Gräfin! In kurzem werd' ich öffentlich als Rastenbergs rechtmäßiger Sohn erscheinen. Dann bin ich nicht mehr der Unglückliche, Namenlose, der einst schüchtern auf Eure süße Stimme lauschte. – Dann bin ich kühn genug einige Ansprüche auf Eu'r Herz zu machen, werdet Ihr mir's vergönnen?

BERTHA: Dies Herz wird nicht ohne diese Hand hingegeben, und (*mit bedeutendem Blick auf Franzen*) beides gehört nur dem, der mich an Hohenburg rächt.

FRANZ (*entzückt*): Nun beim heiligen Kilian! so bist du ganz die Meine, denn (*schlägt an sein Schwert*) ich räche dich.

BERTHA: Brav, Franz, brav! Gehab dich wohl! auf Wiedersehen. *(wirft ihm einen Kuß zu und geht eilig ab)*

Dritter Auftritt

Franz

FRANZ (*ihr nachsehend*): Was war das! – – eine verführerische Erscheinung, oder war sie's selbst! (*steht einige Minuten wie im Traum*) Schönes holdes Weib! wärst also mein, mein mit all deinen Reizen und Reichtümern? Aber, um welchen Preis? (*nachdenkend*) doch, indem ich sie räche, räch' ich auch meinen betrogenen unglücklichen Vater, und dies ist sogar Pflicht. (*ab*)

Vierter Auftritt

Nacht, Gehölz, im Hintergrund eine Einsiedelei, aus welcher Hohenburg und der Einsiedler hervortreten.

Hohenburg, Einsiedler

EINSIEDLER: Bedenket wohl, Ritter, was Ihr tut. Die Gesetze der Kirche sind heilig, und der da oben ist ihr Beschützer.

HOHENBURG: Seid gerecht, ehrwürdiger Alter, welcher ist der größte Übeltäter? der, so die Gesetze der Kirche mißbraucht, eine unsinnige Leidenschaft zu befriedigen, oder der, welcher diese Gesetze nur darum übertritt, weil er kein anderes Mittel sieht, das unglückliche Schlachtopfer einer Leidenschaft zu retten?

EINSIEDLER: Sind beide strafbar.

HOHENBURG: Ihr seid zu streng, Vater, der Himmel ist milder.

EINSIEDLER: Ist's aber nicht offenbar wider sein Gebot, des Nächsten Weib zu rauben?

HOHENBURG: Ich raube nicht, nehme nur in Adelheit ein Gut zurück, das Rastenberg während meiner Abwesenheit gewaltsam an sich zog.

EINSIEDLER: Daß doch der Mensch immer so sinnreich ist, seine Verbrechen zu beschönigen. Ritter! noch einmal vermahn' ich Euch, bedenkt was ihr tut! Kann eine Zeit kommen, wo Ihr Eu'r rasches Unternehmen zu spät bereut.

HOHENBURG: Mein Unternehmen ist nicht rasch, hab's schon lang überlegt.

EINSIEDLER: Desto schlimmer!

HOHENBURG: Ich hör' Ihr richtet mich mit kaltem Herzen, in welchem die bekümmerte Liebe nie Zuflucht finden wird.

EINSIEDLER (*äußerst gerührt*): Mit kaltem Herzen? Wollt' Gott, Ihr sprächt wahr! Auch ich war jung, auch ich war übereilt und schwach, ich weiß, wie weit die unglücklichste aller Leidenschaften den Menschen verirren, wie ihre Süßigkeit in der Folge so bitter werden kann.

HOHENBURG (*nähert sich ihm mit Ehrfurcht*): Wirklich, wißt Ihr das? so habt Mitleiden und vergebt mir.

Einsiedler seufzt tief.

Fünfter Auftritt

Vorigen, Adelheit, Elisabeth

HOHENBURG: Kommst du, meine Teure?

ADELHEIT (*mit entschlossenem Ton*): Ja, Adelbert, ich komm' um dir zu sagen, daß ich über alles dich liebte, daß mein Herz immer dein bleibt, daß es aber auch rein bleiben soll von Übeltat, daß ich mich an Rastenberg nicht versündigen, daß ich bis ans Ende meiner trüben Tage bei ihm aushalten will.

EINSIEDLER: Sei gesegnet meine Tochter um der Tugend willen, die aus deinem Munde spricht.

HOHENBURG: Aushalten willst du? willst das Leben des Grausamen versüßen, der das unsrige verbittert? – Adelheit! – dies kann ohnmöglich dein Ernst sein.

ADELHEIT: Doch Ritter! doch! –

HOHENBURG (*mit Schmerz*): So hast du mich nie geliebt, so heuchelte dein Brief, so log dein Bruder und ich – war ein Tor Euch zu glauben.

ADELHEIT: Ich beschwöre dich bei der Asche meines Bruders, verkenne mich nicht! Mein letzter irdischer Gedanke wirst du, und in jener bessern Welt, werd' ich ewig dein sein, aber, (*mit weggewandtem Gesicht*) in dieser müssen wir uns trennen.

HOHENBURG (*sieht sie zärtlich an*): Trennen! dies schreckliche Wort kann Adelheit so gelassen aussprechen!

ADELHEIT (*bei Seite*): Himmel stärke mich! (*zu Hohenburgen*) ich muß, Adelbert, die Pflicht gebeut's.

HOHENBURG: O kalte Pflicht! folge der warmen Liebe!

ADELHEIT: Ihr Ruf ist süß; aber, ich kann, ich darf ihr nicht folgen.

HOHENBURG: Ich ehre deinen Edelmut; aber Rastenberg verdient ihn nicht, und machen dir's die Gesetze zur

Sünde, ihn zu verlassen, so nehm' ich diese Sünde auf mich. Du bist unschuldig.

ADELHEIT: Laß mich's auch bleiben.

HOHENBURG: Das wirst du, komm nur, laß uns über unser Schicksal siegen!

ADELHEIT: Oft ist's edler dem Schicksal auszuweichen, als es zu besiegen. Leb wohl, Adelbert, sei ein Mann. (*will gehen*)

HOHENBURG (*hält sie zurück*): Traute, Liebe, ich bitte dich.

EINSIEDLER: Ritter, soll das Weib Euch an Standhaftigkeit übertreffen?

HOHENBURG: Was ist die Standhaftigkeit des Weibes? Geduld und Ergebung im Unglück; aber die Standhaftigkeit des Mannes ist Mut und Stärke in seinem Entschluß zu beharren, und das Unglück zu überwinden. Mit dieser Standhaftigkeit reiß' ich deine Fesseln ab. Komm, Liebe, nicht weit von hier warten meine Knappen mit den Rossen, wir eilen nach Thüringen.

ADELHEIT (*sucht sich los zu machen*): Adelbert! soll ich durchaus zur Verbrecherin werden?

ELISABETH (*die bisher mit gesenktem Haupt dastand, sieht sich um*): Ach was ist das? (*man hört Lärm*) wir sind verraten!

ADELHEIT (*die halb ohnmächtig in Hohenburgs Arme sinkt*): Ich bin verloren!

Sechster Auftritt

Vorigen, Rastenberg, einige Bewaffnete,
Fackelträger

RASTENBERG (*zu Adelheit*): Ha! Buhlerin, du hier?

HOHENBURG (*stolz*): Ja hier, in den Armen des Mannes, der ältere Ansprüche auf sie hat als du.

RASTENBERG (*äußerst aufgebracht*): Verwegener! beweis deine Ansprüche, zieh.

ADELHEIT (*die indes sich einigermaßen erholt und aus Hohenburgs in Elisabeths Arme eilt*): Robert, ich bin unschuldig.

EINSIEDLER (*fast mit Adelheit zugleich*): Ja bei Gott! sie ist unschuldig.

ELISABETH: Heilige Mutter steh ihr bei!

Hohenburg und Rastenberg beginnen den Zweikampf, der Einsiedler tritt zu ihnen hin.

EINSIEDLER: Friede im Namen des Höchsten!

Beide lassen ihre Schwerter sinken.

RASTENBERG (*sich besinnend*): Aber wer bist du, der du Friede gebietest? Kuppler im heiligen Gewand!

EINSIEDLER: Meine Pflicht ist dulden und verzeihen, ich tu' noch mehr, beklage dich (*mit bebender Stimme*) Ritter, Ritter, dein Schicksal rührt mich tiefer als du glaubst.

RASTENBERG (*betroffen*): Welch ein Ton! – er fuhr durch mein Inneres – (*zu seinen Leuten*) bringt das Weib hinweg.

HOHENBURG (*drohend*): Aber daß ihr kein Leid geschieht. Mit Eurem Leben sollt Ihr mir für sie haften.

RASTENBERG (*trotzig*): Ich werd' über sie gebieten, ich – –

Adelheit wird unterstützt abgeführt.

ELISABETH (*im Abgehen*): O daß wir nie diesen Weg betreten hätten!

Einsiedler geht unter wehklagenden Gebärden in seine Hütte.

Siebenter Auftritt

Hohenburg, Rastenberg

HOHENBURG (*zu Rastenberg gemäßigt*): Laß uns Ehrfurcht für diese geweihte Hütte und seinen frommen Bewohner haben. Morgen bei Tages Anbruch enden wir unsre Fehde im Erlengang. Indessen beschwör' ich dich, schone deines leidenden Weibes, sie ist schuldlos.

RASTENBERG: Wird sich zeigen, morgen Hohenburg!

HOHENBURG: Morgen.

Stecken ihre Schwerter ein.

DRITTER AUFZUG

Morgens in Rastenbergs Saal.

Erster Auftritt

Franz

FRANZ (*allein, sitzt an einem Tisch, den Kopf in die Hand gelehnt*): Wie ich mich nach dem Ende dieses Zweikampfs sehne! Wenn mein Vater fiel', und mit ihm meine Stütze, mein Name! O ihr heiligen Mächte schützt ihn! –

Zweiter Auftritt

Voriger, Rastenberg

RASTENBERG (*kommt in seiner Rüstung*): Hast du meiner gewartet, Franz?

FRANZ (*geht ihm entgegen*): Mit heißer Sehnsucht, Vater! habt ihr überwunden?

RASTENBERG: Keiner von uns beiden.

FRANZ: Wie das, mein Vater?

RASTENBERG: Fürwahr der sonderbarste Zweikampf, den ich je hatte! Wir fochten ungewöhnlich lang, und mit einer Hitze, die unsre Kräfte zu verdoppeln schien, dennoch vermochte keiner dem andern etwas anzuhaben. Wir sahen dies endlich als einen Wink der Vorsicht an, söhnten uns aus, und Hohenburg schwur heilig auf Adelheits Unschuld. Er wollte sie zwar entführen; aber sie beschied ihn bloß zum Einsiedler, um ihn von seinem Vorsatz abzuwenden.

FRANZ (*zerstreut*): Also ist sie wirklich unschuldig?

RASTENBERG: Ja, lieber Franz, freue dich mit mir. Da Adelheit mich nicht aus Liebe zu Hohenburgen verlassen wollt'; so darf ich hoffen, daß sich ihr Herz mit der Zeit noch zu mir wendet. Auch wollt' ich hinauf, zu ihren Füssen meinen Verdacht und meine Härte abzubitten; aber der Turmwächter sagte, sie habe die ganze Nacht durch gejammert, sei eben erst sehr ermattet eingeschlafen, und Elisabeth habe gebeten, sie nicht zu stören. Nun darf ich aber nicht länger weilen, die Reisigen warten draußen schon alle, deshalb bitt' ich, begib dich, sobald sie erwachen wird, zu ihr, und tu ihr den glücklichen Ausgang des Zweikampfs kund, sag ihr, daß ich nicht mehr aus Unwillen, sondern zu ihrer Sicherheit sie bis zu meiner Heimkunft im Turm laß', und daß ich den ganzen Überrest meines Lebens anwenden werde, meine Härte gut zu machen. Damit sie deinen Worten glaube, bring ihr diesen Ring, zum Zeichen meiner Reu' und Versöhnung. Hörst du Franz?

FRANZ (*noch immer zerstreut*): Ja – – ich höre.

RASTENBERG: Sprich ihr ja mit all' deiner warmen Beredsamkeit zu. Ich werd' dir diesen Dienst vergelten. Jetzt folge mir ein Stück Weges. (*ab*)

FRANZ (*im Abgehen*): Das war keine gute Aussicht zu meiner Erbschaft.

Dritter Auftritt

Im Wäldchen.

Bertha

BERTHA (*allein*): Für einen so raschen Liebhaber verweilt Franz ziemlich lang. Sollt' er mich vielleicht hintergehn! (*nachdenkend*) Aber – – warum fürcht' ich das? weil ich ihn selbst hintergeh', die Miene einer Empfindung annehme, die ich nicht für ihn habe! Armer Junge! wollt', ich könnt' dich lieben, wärst's wohl wert; aber dies launige Herz war nur einer Liebe fähig (*mit Nachdruck*), nur einer – und diese hat sich in alles verzehrenden Haß verwandelt. Unglückliche Bertha! der inn're Friede ist auf ewig aus meiner Brust verbannt. Keine Freude des Lebens ist für mich übrig, und ich habe hier kein Geschäft mehr als Rache (*mit Wut*), Rache, die mich mit samt ihrem Opfer in den schrecklichsten Abgrund stürzen wird. (*sich fassend*) Doch still, armes gepeinigtes Herz, in dieser Bewegung darf dich Franz nicht finden. (*geht mit herum irrenden Blicken auf und ab*)

Vierter Auftritt

Vorige, Franz

FRANZ: Was ist Euch, schöne Gräfin? Ihr scheint unruhig.

BERTHA: Kannst noch fragen, und läßt mich deiner hier so lange harren?

FRANZ (*küßt ihre Hand*): Verzeihung, Teure, ich mußte meinen Vater ein Stück Weges begleiten.

BERTHA: Ist er fort? – der Zweikampf hat, wie ich hörte sehr glücklich geendet.

FRANZ: Eben wollt' ich's Euch sagen, woher wißt Ihr's schon?

BERTHA: Guter Franz, hab' überall Kundschafter. Indessen bleibt dir doch noch etwas zu erzählen übrig. Wie nahm sich dein Vater?

FRANZ: Er freut sich der Unschuld seines Weibes, die ihm Adelbert beschworen hatte, trug mir auf, sie um Vergebung zu bitten, und sie nur um ihrer Sicherheit willen bis zu seiner Heimkehr im Turm zu behalten.

BERTHA (*spöttisch*): Willst's doch auch tun?

FRANZ (*mit einiger Ängstlichkeit*): Bertha mag's entscheiden.

BERTHA: So sprichst du wie der Mann sprechen muß, dem Berthas Hand lohnen soll. Hör Franz; ich entscheide schnell. Du richtest deines Vaters Befehl aus, gibst aber auch Adelheit unbemerkt diese Arznei. (*reicht ihm ein Pulver*)

FRANZ (*erschrickt und sieht sie forschend an*): Gräfin – – das ist Gift.

BERTHA (*freundlich*): Nicht doch, es ist ein Ruh-Pulver. Ihr wird wohl darauf werden.

FRANZ: Liebe Gräfin, sprich nicht zu mir wie zu einem Kinde, ich bin Mann.

BERTHA (*ernsthaft*): So handl' als Mann, töte sie mit diesem Pulver.

FRANZ: So tötet nicht der Mann, (*zeigt auf sein Schwert*) hier ist sein Werkzeug zum töten.

BERTHA: Ja, wenn der Mann mit Männern zu tun hat; aber für's schwache Weib ist der verkappte Tod. Wär's nicht unklug Adelheit mit dem Schwert zu morden? das würde Lärm geben, und dein Vater würd's fürchterlich ahnden. Das Gift wirkt heimlich und ist wahrscheinlich in der vorigen, für sie so angstvollen Nacht, von ihr selbst genommen. Dieser Schein deckt uns, dein Vater wird die Undankbare vergessen, wird dir sein ganzes Herz, seine ganze

Habe zuwenden. Hohenburg wird über Adelheits Tod verzweifeln, ich – werde gerächt, (*ihn zärtlich bei der Hand fassend*) und wir beide werden glücklich sein.

FRANZ (*staunend*): Welch ein grausamer Entwurf! –

BERTHA: Was sagst Du? hast du dich nicht mit mir vereint zum Bund der Rache?

FRANZ: Zum Bund der Rache; aber nicht zum Bund der heimlichen Tücke.

BERTHA (*heftig*): Elender, mir das! aber mir geschieht Recht. Warum wählt' ich (*verächtlich*) mir einen solchen Vertrauten.

FRANZ: Zürne nicht. – Ich halte was ich versprach; aber was du jetzt forderst, versprach ich nie. – Warum soll Adelheit sterben, wenn sie unschuldig ist? Laß uns an Hohenburg allein Rache nehmen. In kurzem kann ich als echter Edelmann auftreten, dann forder' ich ihn zur Genugtuung für deine beleidigte Ehre. Die Liebe wird meinen Arm stärken, er wird fallen.

BERTHA: Weißt du das gewiß? (*weinend*) Kann dich's nicht auch treffen? Bin ich nicht schon genug gebeugt? Soll dein Verlust mich noch elender machen?

FRANZ: Gräfin, Gräfin! Faß mich nicht so bei meiner schwachen Seite! –

BERTHA: O du bist nicht schwach, kannst mich ungerührt weinen sehen.

FRANZ: Verzeih mir's Gott, das kann ich nicht! – (*wischt sich eine Träne weg*) Sieh dies vermagst du über mich.

BERTHA (*leidenschaftlich*): Laß mich diese Tränen aufküssen.

FRANZ (*zärtlich*): Bertha, Bertha, ich gelobe dein Rächer zu werden, und werde selbst dein Opfer! Bist ein süßes, verführerisches Weib. (*umarmt sie*)

BERTHA (*wie vorhin*): Bin ich? und noch immer widerstehst du mir! –

FRANZ (*faßt sich*): Nicht dir, nicht deinen mächtigen Reizen. – All meine Sinne hast du bezaubert, nur über mein Gewissen herrschest du noch nicht. (*zärtlich*) Liebe, liebe Bertha, steh auch ab davon, laß mich nicht strafbar werden.

BERTHA: Nun wohl! Adelheit leb und diese Arznei sei für mich. Will Franz mich nicht rächen, für den ich allein noch zu leben wünschte; so räche mich der Tod! (*nimmt ihm das Pulver weg, will eilig ab*)

FRANZ (*verwirrt*): Halt Gräfin, was willst du tun! Mach mich nicht unsinnig.

BERTHA: Wer vor wenig Augenblicken noch vernünfteln konnte, wird so schnell nicht unsinnig. Wirst meiner bald genug vergessen. (*äußerst zärtlich*) Franz, Franz, du konntest meine Tränen nicht sehn, und läßt mich sterben? – –

FRANZ (*noch verwirrter*): Du sollst nicht sterben, eher soll die ganze Welt untergehn. Gib das Pulver her.

BERTHA: Nein es ist für mich, leb wohl. –

FRANZ (*reißt's ihr aus der Hand*): Nein es ist für – *(hält auf einmal inne und sieht Bertha starr an)*

BERTHA: Für Adelheit?

FRANZ (*stotternd*): Nun wohlan, sag mir nur wann ich dich wiederseh?

BERTHA (*freudig*): Morgen früh auf meiner Burg, hast ja nur eine Stunde dorthin; (*zärtlich*) die Liebe wird dich geleiten.

FRANZ: Weiber, Weiber, was könnt ihr aus uns machen! Wir sind edel und grausam, je nachdem Eure Leidenschaften unsre Seelen stimmen.

BERTHA: Nicht mehr gesäumt, mein Trauter. – Hältst du Wort, so bin ich dein; täuschest du mich aber, so denk, es gibt dieser Arzneien mehr (*umarmt Franzen, im Abgehen bei Seite*) Muß doch lauschen, was das Bübchen hier noch beginnen wird.

Fünfter Auftritt

Franz

FRANZ (*der in einem tiefen Nachdenken stehen bleibt*): Auch ich scheine das Spiel des verführerischen Geschlechts zu werden. Bertha, Bertha, wie ist's möglich so liebreizend und so grausam zu sein! Ach jetzt versteh' ich meine gestrige Ahnung. Dieses ängstliche Gewühl in meinem Herzen verkündigte mir deine Lieb' und meinen Untergang. Doch mutig! noch tauml' ich ja nur am Rande des Abgrunds noch bin ich kein entschiedener Bösewicht, und der furchtbare Sturm in Berthas Seele kann sich legen – wird sich legen, denn sie liebt mich. Nein Adelheit, sollst nicht geopfert werden, aber – – ich kann dir auch die Gräfin nicht opfern, (*sich besinnend*) muß meine Zuflucht zur List nehmen – – freilich eine erniedrigende Zuflucht! aber – weiß ich eine bessere? Hab' ich einen Freund, der mir raten, der dem armen Sinkenden die Hand reichen könnte? – O daß mein Vater noch hier wäre! – (*indem er gehen will kommt Curt*) Ha Curt, der kommt wie gerufen.

Sechster Auftritt

Voriger, Curt

CURT: Ihr hier, Franz?

FRANZ: Wie du siehst Curt, warst mir ja bisher immer ergeben, willst du's ferner sein?

CURT: Könnt Ihr dran zweifeln, Franz?

FRANZ: So versprich mir etwas zu tun, worum ich dich bitte.

CURT: Wenn ich's kann.

FRANZ: Du kannst, versprich mir nur.

CURT (*gibt ihm die Hand*): Ich verspreche.

FRANZ: Du hast diese Nacht die Wach' unterm Turm. Um die zwölfte Stunde wird Adelheit mit Elisabeth entfliehn, und du wirst's nicht hindern.

CURT: Was habt Ihr denn für Ursachen ihre Flucht zu begünstigen?

FRANZ: Die wichtigsten von der Welt. Wirst sie all' noch erfahren. Aber jetzt dringt die Zeit, jetzt nichts davon.

CURT: Was soll denn aus mir werden, wenn Eu'r Vater zurückkommt?

FRANZ: Du mußt freilich auch fliehn. Damit dir's nicht sauer ankommt; so nimm diesen Beutel mit Geld. Der Vater gab mir ihn diesen Morgen, wirst genug darin finden eine Zeitlang gut zu leben. In kurzem gehn große Veränderungen mit mir vor, dann ruf' ich dich in meine eignen Dienste, wo dir's immer wohl gehn soll. Aber entferne dich ja, eh's zwölfe schlägt.

CURT: O! ich will die Wache gar nicht halten, will mich gleich auf und davon machen.

FRANZ: Desto besser (*mit Nachdruck*) ich halte Wort, Curt, wie ein rechtschaffener Mann, bist du aber ein Schurke und verrätst mich, so – zitt're.

CURT: Traut mir, Franz. Hab' ich Euch je verraten? Lebt wohl!

FRANZ: Leb wohl, Curt, gedenke meiner Worte!! (*ab*)

Siebenter Auftritt

Curt

CURT (*allein*): Verrätst du mich, so zitt're – – Hm! in der Ferne zittert man so leicht nicht. Gräfin Bertha muß auch ein Wörtchen erfahren. *(geht nach der Seite, wo Bertha abging, Bertha kommt ihm entgegen)*

Achter Auftritt

Voriger, Bertha

CURT: Eben wollt' ich Euch in der Jägerhütte aufsuchen, Gräfin.

BERTHA: O spar die Müh, Curt! Hab' alles gehört.

CURT: Alles gehört, was hier Eu'r Trauter sprach?

BERTHA: Alles. – Ha die Natterbrut! mir ahnte nichts gut's, drum weilt' ich noch hinterm Gebüsch.

CURT: Warnt' ich Euch nicht, Eure Sache dem schwachen Buben zu vertrauen? – – aber wozu entschließt Ihr Euch nun? Ritter Hohenburg rüstet sich, wie ich von seinem Knappen vernahm, auch auf diese Nacht. Vermutlich hat er Wind von der Sach' und wird Adelheit in Schutz nehmen.

BERTHA: Was! – Hohenburg rüstet sich auch zur Flucht? – – (*mit Hohngelächter*) Laß ihn kommen, Curt, laß ihn kommen! Ich hab' noch einen Freund, der mir treuer ist, als Ihr alle. (*zieht einen kleinen Dolch aus dem Busen*) Sieh, hier schlummert er, aber er wird erwachen – – grimmig erwachen, und mir blutige Wege aus diesem Labyrinth von Trug und Schmach bahnen.

CURT: Bei solchem Mut habt Ihr meiner nicht mehr nötig.

BERTHA: Ha, dieser Mut durchglüht jede Nerve. (*wirft ihm Geld zu*) Fahr wohl! (*mit wilder Gebärde*) aber um die Mitternachts Stunde gedenke meiner, da werd' ich Adelheit den Brautgesang heulen. (*ab*)

Neunter Auftritt

Curt

CURT (*allein*): Geh nur und mach das Maß deiner Sünden voll, was kümmert's mich, mein Dienst ist ja vollendet, und meine Taschen sind gefüllt. (*ab*)

Zehnter Auftritt

Zimmer im Turm.

Adelheit, Elisabeth

ADELHEIT (*sitzt auf einem Ruhebette*): Mein Mann hat mich zu sehn verlangt?

ELISABETH: So sagte der Turmwächter.

ADELHEIT: Warum hast du mich auch so lange schlafen lassen.

ELISABETH: Arme Adelheit, hast ja die ganze Nacht rastlos hingebracht, bedurftest Erholung! –

ADELHEIT: Wüßt' ich nur ob Hohenburg so glücklich war, meinen Mann von meiner Unschuld zu überzeugen!

ELISABETH: Ich hoff's, Adelheit. Horch wer kommt! (*geht nach der Tür*) Sieh da Franz!

Elqfter Auftritt

Vorigen, Franz

FRANZ: Seid gegrüßt, edle Frau!

ADELHEIT: Auch du, Franz. (*sieht ihn traurig an*) Bist du ein Bote des Friedens oder des Unglücks?

FRANZ: Beides.

ADELHEIT (*ängstlich*): Sprich deutlicher, ich bitte.

FRANZ: Ruhig Mutter – erlaube mir immer diesen Namen – ich will redlich an Euch handeln.

ADELHEIT: Wohlan, laß hören.

FRANZ (*drückt ihr mitleidig die Hand*): Lieb' und Rache verfolgen Euch, bereiten Euch sogar ein Grab, aber Ihr sollt nicht hineinsinken, ich will Euch retten.

ADELHEIT (*erstaunt*): Du willst mich retten – Du? –

FRANZ: Ja ich, dem ihr nie zu trauen schient.

ADELHEIT: Vergiß das, lieber Franz, und sage mir alles.

FRANZ: Seid Ihr gefaßt?

ADELHEIT: Ich bin's.

FRANZ: Mein Vater kam glücklich vom Kampfplatz zurück; aber so feierlich auch der Ritter sie beschwur, nicht von Eurer Unschuld überzeugt. Sie muß sterben, sagt' er, und ging kaltblütig, Euch selbst Eu'r Todesurteil anzukündigen. Ihr schlieft, und so kam er mit dem Befehl zu mir, Euch dies Gift-Pulver zu geben.

Während dieser Rede ist Franzens Anstand eine sichtbare Verlegenheit, die aber Adelheit nicht bemerkt. Elisabeth weint.

ADELHEIT: Und du nahmst den Antrag ohne Widerrede an?

FRANZ: Sogleich, damit ihn kein anderer bekommen möchte, der mich hindern konnt', Euch zu retten.

ELISABETH: Gott! welch ein Mann!

ADELHEIT (*nachdenkend*): Unbegreiflich! Bisher so viel Geduld und Nachsicht, und auf einmal diese Grausamkeit! Robert in deinem Herzen muß eine schreckliche Veränderung vorgegangen sein!

FRANZ: Seht Mutter (*schüttet das Pulver zum Fenster hinaus*) weg war der Tod! (*munter*) Nun macht Euch fertig, diese Nacht um die zwölfte Stunde mit Elisabeth davon zu gehn. Ihr werdet die Türen nicht verschlossen finden, der Turmwächter wird einen Schlaftrunk bekommen, und die Nachtwach' ist schon auf flüchtigem Fuß.

ADELHEIT: Wirst auf einmal so munter, man sieht dir's an, daß du eine gute Tat ausübst, der Himmel wird dich dafür belohnen.

FRANZ (*bei Seite*): Nicht so gut als du denkst, (*laut*) ich verdiene keinen Lohn.

ADELHEIT: Aber guter Franz, daß ich meine Freiheit nicht etwa mit deinem Unglück erkaufe. Was hast du von deinem Vater zu befürchten, wenn er meine Flucht erfährt?

FRANZ: Das laßt meine Sorge sein. Alle Schuld fällt auf Curt, und der ist fort. Nehmt diesen Ring, ich hab' ihn vom Vater. Ihr könnt ihn auf der Flucht zu Gelde machen.

ADELHEIT (*drückt ihm die Hand*): Auch dies noch! Könnt ich dir's einst vergelten! aber ich vermag nichts, als Segen auf dich herab zu bitten.

FRANZ (*zerstreut*): Mutter, Mutter, Eure Güte, Euer Unglück – – alles bestürmt mein Herz. Ich kann nicht länger bei Euch verweilen! Gott mit Euch! *(küßt ihr mit tiefer Rührung die Hand, geht schleunig ab)*

Zwölfter Auftritt

Adelheit, Elisabeth

ADELHEIT: Glück und Heil folge dir, edler Jüngling, den ich verkannte! – (*weint sanft*) Elisabeth, ich murre nicht. Könnt' ich ins Schuldbuch des Ewigen sehn, vielleicht fänd' ich, daß mich dieser harte Schlag nicht unverdient trifft. Willst du mir treu bleiben, gutes Mädchen, deiner unglücklichen Freundin überall, wohin ihr zürnendes Schicksal sie treibt, nachfolgen?

ELISABETH: Dies befiehlt mir Pflicht und Herz. Aber wollen wir uns nicht in Hohenburgs Schutz begeben?

ADELHEIT: Ach Liebe, ich weiß nicht was ich tun soll. (*nachdenkend*) Bleiben sollt' ich wohl, aber leider bin ich keine Heldin, die dem Tod die Stirn bieten kann. Laß mich noch ein wenig ruh'n.

Der Vorhang fällt.

VIERTER AUFZUG

Grüner Platz mit Gebüsch. Ein Stück Schloßmauer, am Ende desselben ein Turm mit einer kleinen Tür, zwei kleine Fenster des Turms sind schwach erleuchtet.

Erster Auftritt

Hohenburg, Wenzel

Wenzel als Spielmann verkleidet, mit einer Harfe oder Laute in der Hand.

WENZEL (*sieht sich überall um*): Die Nachtwach' ist ja nicht mehr hier. Ein gutes Zeichen. Gebt acht, Herr Ritter, wir bestehen ein glückliches Abenteuer.

HOHENBURG: Wenn das mein Schicksal wollte! Wie der Schein ihrer Lampe so traurig durch die kleinen Fenster fällt! Arme Gefangene! Ahnest wohl nicht, daß dein Adelbert hier unter deinem Kerker weilt und entschlossen ist, alles für deine Befreiung zu wagen!

WENZEL: Wollen wir nicht unsre Posten einnehmen?

Hohenburg geht nach der Hinterseite des Turms ab.

Zweiter Auftritt

Wenzel

WENZEL (*setzt sich bei der Tür hin, spielt und singt*):

„Einst liebt' ein tapfrer Rittersmann
Ein Dirnchen hold und zart,
Er zog ins Feld, schnell hatte man
Sie anderwärts gepaart.
Sie härmte sich wohl Nacht und Tag
Und ach! man sperrt sie ein!
Der Ritter hört's, kam allgemach
Sein Trautchen zu befrein.
Die Liebe dringt durch Riegel, Schloß,
Durch alle Mauern hin,
Er schwang sie auf sein weißes Roß
Und floh mit heiterm Sinn."

Dritter Auftritt

Voriger, Adelheit, Elisabeth

Die Tür geht auf, Adelheit und Elisabeth treten schüchtern heraus.

WENZEL: Wunderbar! da kommen sie von selbst (*drückt seinen Hut tief in die Augen*) muß mich doch ein wenig verstellen.

ADELHEIT (*leise*): Wer sang hier?

WENZEL (*verstellt seine Sprache*): Ein armer Spielmann.

ADELHEIT: Bist doch ein ehrlicher Mann?

WENZEL: Sollt's meinen.

ADELHEIT: Wollt Ihr wohl für Geld ein Stück Weges mit uns gehn?

WENZEL: Wohin Ihr wollt, nur eine kleine Geduld, hab' einen Kameraden in der Näh', den muß ich erst rufen.

ELISABETH: Kann man dem auch trauen?

WENZEL: Wie mir selbst. Hört edle Frauen, Ihr könntet in keine bessern Hände fallen, wir gingen beide aus, Euch zu befreien (*rückt seinen Hut zurück, und nimmt seine natürliche Sprache wieder an*) Ritter Adelbert ist auch nicht weit.

ADELHEIT, ELISABETH (*zugleich*): Ach Wenzel!! –

WENZEL: Ja seht, bin überall zu haben.

Vierter Auftritt

Vorigen, Hohenburg

HOHENBURG: Welch ein glücklicher Zufall bringt uns so geschwind zusammen?

WENZEL: Glaub' gar, ich hab' ein Orpheus-Stückchen gemacht, die Tür tat sich unter meinem Gesang auf.

HOHENBURG: Schweig, unzeitiger Schäker! (*zu Adelheit*) Ich kam her deinen Kerker mit List oder Gewalt zu öffnen, und du brichst selbst hindurch! – Lös mir dies Rätsel.

ADELHEIT: Rastenberg gebot Franzen, mich in seiner Abwesenheit mit Gift umzubringen.

HOHENBURG: Der Niederträchtige! ich hatt' ihn doch von deiner Unschuld überzeugt.

ADELHEIT: Er schien vermutlich nur überzeugt. Der ehrliche Franz entdeckte mir alles und veranstaltete meine Flucht.

HOHENBURG: Wohl uns, teures Weib! Nun folgst du mir doch mit willigem Herzen?

ADELHEIT (*reicht ihm ängstlich die Hand*): Da dich das Schicksal selbst zu meinem Führer ausersehen hat, kann's wohl nicht mehr Verbrechen sein, dir zu folgen.

HOHENBURG: Wenzel, eile, schaff die Rosse herbei. (*Wenzel ab*) Komm, Beste!

Fünfter Auftritt

Adelheit, Hohenburg, Elisabeth

ADELHEIT (*geht einige Schritte, bleibt aber auf einmal stehen*): Ach Hohenburg! mich überfällt auf einmal eine Bangigkeit, ich kann nicht fort, laß mich hier niedersetzen bis deine Leute kommen.

HOHENBURG (*setzt sie auf einen Stein am Gebüsch nieder*): Adelheit! du zitterst und bist in meinem Schutz –

ADELHEIT: Mich dünkt, ich höre Bewegungen.

HOHENBURG: Fürchte nichts, es ist das Wehen der Luft in den Bäumen.

ADELHEIT: Sieh doch umher, ob alles sicher ist, mir wird immer bänger.

HOHENBURG: Bin hier schon alles umgangen, sah' und hörte nichts (*lauschend*) auch jetzt ist's still.

ADELHEIT: Ich bitt' dich, sieh doch umher, auch du Elisabeth.

HOHENBURG: Damit ich dich nur beruhige – –

Geht nach der einen, Elisabeth nach der andern Seite, indes kommt Bertha in einen Mantel gehüllt dicht hinter Adelheit hervor, stößt ihr einen Dolch in die Brust, und verschwindet wieder.

ADELHEIT (*sinkt vom Stein herab*): Hilfe! Hilfe! Mord!

HOHENBURG: Gott! was ist das?

ELISABETH: Welch ein Unglück!

HOHENBURG (*hebt sie wieder auf den Stein, sie sinkt an seine Brust, Elisabeth kniet neben ihr*): Du blutest! – – (*hält die Wunde zu*) Gott im Himmel! wo kam der Streich her?

ELISABETH: O ihr Heiligen erbarmt Euch!

ADELHEIT (*schwach*): Weiß nicht. Glaub' aber wir sind all' hintergangen und Robert – – ist unschuldig. Versöhne dich mit ihm, lieber Adelbert, und sag ihm: es tat diesem blutenden Herzen weh, daß es keine Liebe – – für ihn hatte. – – Willst du?

HOHENBURG: Teure Unglückliche! ich will alles, was du willst. (*mit Schmerz*) Wollte nur der Himmel, daß du lebtest.

Sechster Auftritt

Vorigen, Wenzel

WENZEL (*kommt außer Atem*): Ritter, alles wartet drüben, wo bleibt Ihr? (*erschrickt*) Was gibts hier?

ELISABETH: Mord, abscheulichen Mord!

HOHENBURG (*zu Wenzel*): Schaff Hilfe!

Wenzel will gehen.

ADELHEIT (*schwächer*): Bleib – – ich bitte dich – es traf – – zu gut. (*zu Hohenburg*) Wir wähnten einander bestimmt zu sein, aber – – doch wie sagt' ich gestern!

– – in jener Welt! – (*faltet die Hände, blickt gen Himmel und stirbt, Elisabeth spricht heimlich zu Wenzeln)*

HOHENBURG (*im höchsten Affekt*): Adelheit! Adelheit! erwache nur noch einmal, erwache! (*küßt sie, lauscht auf ihren Odem*) Umsonst! – die edle Seele ist entflohn.

ELISABETH (*weint laut*): O meine geliebte, unglückliche Freundin!

HOHENBURG: Nenne sie nicht unglücklich, ihr ist so himmlisch wohl – aber mich – mich beklage.

WENZEL: Guter Herr, wie tief rührt mich Eu'r Schmerz.

HOHENBURG (*legt Adelheit in Elisabeths Arme*): Ruhe sanft, Teure Märtyrerin der zärtlichsten Liebe. Im Leben wurdest du mir geraubt, im Tode soll nichts dich mir entreißen! (*zu Elisabeth und Wenzeln*) sie soll in meiner Kapelle ruhn, auf ihrem Grabmal will ich meine Knie beugen vor dem Allmächtigen, und mir Trost erbeten. Komm, Wenzel!

WENZEL: Wohin, gestrenger Herr?

HOHENBURG: Unsre Pflicht zu erfüllen, den Mörder aufzusuchen.

Siebenter Auftritt

Vorigen, Bertha

BERTHA (*tritt wütend aus dem Gebüsch hervor, und wirft den Mantel weg*): Meine Rache wär' nur halb vollendet, wenn ich nicht selbst dir sagte: Bertha von Wildenau mordete deine Geliebte.

HOHENBURG (*zieht sein Schwert*): Verweg'ne! so empfang deine Strafe.

BERTHA (*weicht zurück*): Zu spät, zu spät, hier wühlt schon der Tod, ich nahm Gift.

WENZEL: Schreckliches Geschöpf!!

HOHENBURG: So fahr zur Hölle, Sünderin, und nimm dort den Lohn deiner schwarzen Taten.

ELISABETH: Unnatürliches, abscheuliches Weib!!

HOHENBURG: Was tat dir die Unschuldige, daß du sie morden konntest?

BERTHA: Viel, sehr viel! Sie versperrte mir den Weg zu deinem Herzen. Urteil aus der Größe meiner Rache, von der Größe meiner ehemaligen Liebe.

HOHENBURG: Ungeheuer! (*knirscht mit den Zähnen*) O daß du mir mit deinem Selbstmord zuvorkamst!!

BERTHA (*mit Hohngelächter*): Ha! (*zeigt auf Adelheit*) Wer sich so rächen kann, hat auch Mut sich selbst hinzurichten.

WENZEL: Sie ist rasend.

BERTHA: Glaub's nicht, Bursche (*zeigt an die Stirne*) hier ist's zwar brennend heiß; aber – ich weiß was ich tat.

Achter Auftritt

Vorigen, Franz

FRANZ (*bestürzt*): Welche schrecklichen Begebenheiten! (*geht auf Bertha zu*) Bertha, meine Bertha!

BERTHA (*stößt ihn von sich*): Bube! bist deines Schwurs, mich zu rächen entbunden, sieh hier was ich selbst vermochte.

HOHENBURG (*mit Abscheu*): Besudle dich nicht mir ihr, sie mordete Adelheit und nahm Gift.

FRANZ (*schaudernd*): Unglückliche, was hast du getan!

Hohenburg geht wieder zu Adelheits Leiche, die er küßt.

BERTHA: Weh über dich und deine Feigheit, daß ich zur doppelten Mörderin ward! –

FRANZ: Nicht Feigheit – Menschenliebe hielt mich ab, Deinen Befehl zu vollziehen, indessen solltest du glauben, Adelheit sei durch die Flucht mir zuvorgekommen. Wie erfuhrst du sie?

BERTHA: Durch deinen treuen Curt, der schon längst mein heimlicher Kundschafter war.

FRANZ (*aufgebracht*): Der Verräter! –

WENZEL: Gräfin, Ihr geht einem zürnenden Richter entgegen, wollt Ihr Euch nicht mit ihm versöhnen?

FRANZ (*mitleidig*): Bertha, ich bitte dich.

BERTHA: Schweigt, Memmen!!

HOHENBURG: Entferne dich, Elende! bist nicht wert zu sterben wo Adelheit starb.

BERTHA: Will's auch nicht. Aber weiden muß ich mich noch einmal an dem Anblick der Geliebten, um derentwillen du mich so stolz verschmähtest. (*betrachtet Adelheit*) Wie sie da liegt so blutig – so entstellt!

WENZEL: Zurück, Furie!

Hohenburg zieht in Wut nochmals sein Schwert gegen sie.

BERTHA: Hast du schon vergessen, daß ich Gift nahm? willst du mit dem Tod einen Wettstreit halten? Ha, meine Leute!

Neunter Auftritt

Vorigen, Berthas Gefolge mit Fackeln

EIN KAMMERWEIB: Um Gottes willen, Gräfin, was macht Ihr hier? Wir vermißten Euch zur ungewöhnlichen Stunde, und eilten Euch zu suchen.

BERTHA: Ich hatt' ein Geschäft abzutun, wozu ich Eurer nicht bedurfte.

HOHENBURG (*zu Berthas Dienern*): Ich bitte Euch, schafft die Mörderin aus meinen Augen.

KAMMERWEIB: Mörderin? – Ach sie war den ganzen Abend so zerrüttet, wir konnten was Schreckliches befürchten.

BERTHA (*mit konvulsivischer Bewegung*): O weh! o weh! bringt mich hinweg, eh' der Tod mich hier faßt! (*sich wild umsehend*) Welch eine Dunkelheit vor meinen Augen! Das ist die Nacht der Verdammnis! (*mit schrecklichem Schauder*) ich komm' – – ich komm' – –!

KAMMERWEIB: Der Himmel erbarme sich ihrer. Wir haben keine Schuld an diesem Unglück.

Bertha wird weggebracht.

Zehnter Auftritt

Franz, Hohenburg

FRANZ: Edler, braver Ritter, habt Mitleid mit mir, ich fiel in die Netze des Lasters; aber ich sollte nicht darin umkommen. (*kniet an Adelheits Leiche und küßt ihr die Hand*) Gute fromme Dulderin, vergib mir.

HOHENBURG: Franz, ich versteh' das Ganze dieser schrecklichen Begebenheit noch nicht. Folge mir in meine Burg, dort wollen wir unsern Schmerz bei einander ausweinen.

FRANZ: Gern Ritter will ich Euch folgen. In unsrer Burg kann ich so nicht bleiben. Ach mein Vater! mein beleidigter Vater, er wird mir nie vergeben.

HOHENBURG (*sich fassend*): Er muß. Sobald der Tag beginnt, send' ich ihm Wenzeln zu. Für jetzt laßt uns Anstalt machen, den teuren Leichnam wegzuschaffen.

Der Vorhang fällt.

FÜNFTER AUFZUG

Zimmer in Hohenburgs Burg.

Erster Auftritt

Hohenburg

HOHENBURG (*allein, sitzt in nachdenklicher Stellung, die Hand aufs Herz*): Welch eine große Veränderung hier! Keine einzige von den stürmischen Bewegungen jener Leidenschaft, die jedes Hindernis niederkämpfen, alles mit sich fortreißen wollte. (*Pause*) Der täuschende Schimmer der Einbildung verbleicht, und alles nimmt vor meinen Augen die Farbe der Wahrheit an. Wie mich mein Schicksal durch so manche Gefahr wieder hierher führte, Adelheit mir noch mit Liebe zugetan war, und so mancher Umstand meinen Absichten schmeichelte, glaubt' ich Verblendeter, der Himmel selbst habe Wohlgefallen an meiner ungestümen Leidenschaft; aber er wollte mich nur prüfen, ich hätte diese Prüfung aushalten sollen wie ein Mann und – – ich erlag ihr! Adelheit, Adelheit! warst stärker, warst weiser als ich, ich hätte deine sanften Warnungen hören, meine Liebe ins Heiligtum meines Herzens verschließen und Bertha glimpflicher behandeln sollen, vielleicht daß sie nicht auf diese schreckliche Rache verfallen wäre! – – Ewiger! der du mir schon oft verziehst, vergib mir auch jetzt, und ich kehre zurück zum Panier des Kreuzes, und wasche meine Schwachheit im Blut der Feinde deines Glaubens ab! –

Zweiter Auftritt

Hohenburg, Franz

HOHENBURG: Hast du gerastet, Franz?

FRANZ: Der Unglückliche rastet nicht. Sein Lager sind Dornen, und sein Schlaftrunk Tränen.

HOHENBURG: Armer Franz! Nimm wenigstens eine ruhige Miene an, dein Vater wird nun bald hier sein.

FRANZ: Ach mein Vater!

HOHENBURG: Fürchte nichts, wir sind beide strafbarer als du. Du wurdest verführt, aber – wir – –

Dritter Auftritt

Vorigen, einer von Hohenburgs Dienern
dann Rastenberg mit seinem Gefolg

DIENER: Ritter Rastenberg zieht alleweile mit seinem Gefolg' in die Burg. (*ab*)

HOHENBURG: Er kommt also noch eher als ich dachte. Sieh Franz, wie das Unglück uns umstimmen kann! Ich werde nicht mehr den verhaßten Nebenbuhler in ihm sehn, dessen Anblick mein ganzes Blut in Wallung setzte – er ist mein Gefährte auf der Bahn des Kummers worden, ist gleichsam ein Überrest meiner geliebten Verlornen, zu dem mein Herz sich neigt.

RASTENBERG (*tritt mit seinem Gefolg und Wenzeln ein*): Grüß dich Gott, Ritter!

HOHENBURG: Willkommen unter dem Dach deines Freundes. Hat unser gemeinschaftlich trauriges Schicksal dich auch zu dem meinigen gemacht?

RASTENBERG: Hohenburg, du siehst nicht mehr den aufbrausenden trotzigen Mann vor dir. – – Der Schmerz hat mich gebeugt!

HOHENBURG: O er hat große Wirkungen aufs menschliche Herz! Bin auch nicht mehr derselbe.

RASTENBERG (*zu den Knappen*): Nehmt mir die Rüstung ab, ich hab' ausgekämpft.

Nehmen die Rüstung ab.

HOHENBURG: Du verzeihst mir also, daß ich dir Adelheit rauben wollte, daß meine unbesonnene Leidenschaft sie dem Tode entgegen führte?

RASTENBERG: Verzeihst du mir, daß ich sie zuerst dir raubte?

HOHENBURG: Von Herzen.

RASTENBERG: Nun so sind wir versöhnt auf ewig.

HOHENBURG (*führt ihm Franz zu*): Und nun vergibst du deinem Sohn.

RASTENBERG: Du auch hier, Franz? Dies Haus ist also der Sammelplatz der Unglücklichen.

FRANZ: Ach Vater, verschließt Eu'r Herz mir Elendem nicht.

RASTENBERG (*sehr gerührt*): Komm her, Sohn, an dieses zerriss'ne Herz, bedaure mich, wie ich dich bedaure. Laß mein Beispiel und deine kurze traurige Geschichte mit Bertha dich lehren, die verführerischen Reize der Lieb' und Wollust zu fliehn. Ihre Becher schäumen von Süßigkeit; aber in der Neig' ist Gift. (*drückt ihn fest an sich*) Ich hätte nicht geglaubt, daß wir uns im Trauren und Wehklagen wiedersehn würden.

FRANZ: Guter, unglücklicher Vater, Ihr vergebt mir?

RASTENBERG: Wenn ich's nicht täte, armer Verführter! wie könnte Gott mir vergeben! O ich bin der Schuldigste unter uns allen! Nun, ich will dafür im strengsten Orden büßen.

HOHENBURG: Was hör' ich Rastenberg! Dein Mut kann der Welt noch nützen, hast ihr noch manche Pflicht zu entrichten.

RASTENBERG: Die Welt hat meinen Mut und meine Schwachheit gesehn, die Pflichten, so ich unerfüllt lasse, leg' ich Franzen ans Herz, und hoff' er wird sie redlich erfüllen, denn seine frühzeitigen Erfahrungen werden ihm Mannssinn geben.

FRANZ (*mit feierlichem Ton*): Bei allen Heiligen schwör ich, Eure Hoffnung soll Euch nicht täuschen. Ihr gebt mir doch Euern edlen Namen noch?

RASTENBERG: Dies wird mein letztes irdisches Geschäft sein. Nun, Hohenburg, umarme deinen Freund.

Die Ritter umarmen sich.

HOHENBURG: Adelheits Geist umschwebt diesen Kuß und segnet uns.

RASTENBERG: Sag mir, dachte sie meiner in den letzten Augenblicken? Wenzel hat mich von allem unterrichtet; aber das wußt' er nicht.

HOHENBURG: Wohl dachte sie deiner. Es tat ihr noch im blutenden Herzen weh, daß sie deine Liebe nicht hat erwidern können.

RASTENBERG: Die Edle! hab' oft ihren innern Kämpfen zugesehn. Wohl ihr, sie hat überwunden! (*zu den Knappen*) Habt Dank ihr meine Treuen, für Eure Dienste, auch du, Wenzel, der du als Freund zu mir kamst, hab' Dank. Ich werde Eurer all' noch vor meinem Abschied von der Welt gedenken.

Knappen ab.

Vierter Auftritt

Vorigen, Einsiedler

EINSIEDLER: Friede sei mit Euch!

FRANZ: In Ewigkeit!

HOHENBURG: Kommt Ihr uns zu trösten, ehrwürdiger Freund? O daß ich Eure frommen Ermahnungen, Eure Weissagungen von meinem Unternehmen besser beherzigt hätte!! die Zeit ist da, wo ich dies Unternehmen zu spät bereue.

EINSIEDLER: Reu' ist das beste, gefälligste Opfer. Gott sieht's gnädig an und heilt das wunde Herz des Büßenden. (*schüchtern*) Edle Ritter, könnt ich nicht eine kleine Weile mit Euch beiden allein sprechen?

Hohenburg winkt Franzen, dieser geht mit einem lauten Seufzer ab, Einsiedler sieht ihm starr nach.

Fünfter Auftritt

Rastenberg, Hohenburg, Einsiedler

RASTENBERG (*zum Einsiedler*): Der Klang Eurer Stimme fiel mir schon gestern auf, heute weckte er ein Andenken in meiner Seele, das meinen Schmerz schärft. Sagt mir –

EINSIEDLER (*fällt ihm ins Wort*): Möchte diese bebende Stimme dich eben so lebhaft rühren, als erinnern. Ich kann, ach! ich kann mich nicht länger verstellen. (*wirft Bart und Kappe weg, ihr Haar fällt auf ihre Schultern herab, und sie zu Rastenbergs Füssen*): Vergebung, Rastenberg, Vergebung!!

RASTENBERG: Auch diesen Schlag noch! Franziska, Unglückliche, von mir Verbannte, wie kommst du hierher?

HOHENBURG: Welch eine Erscheinung!

RASTENBERG: Sieh hier in der Gestalt des Einsiedlers, die Treulose, so ich verstieß, (*bewegt*) Franzens Mutter.

HOHENBURG: Unbegreiflich!

RASTENBERG: Rede Weib, wo nahmst du diese Verkleidung her.

FRANZISKA: Vergebung, Rastenberg, Vergebung!

RASTENBERG (*nimmt sie auf*): Nun ich vergebe dir (*mit steigender Empfindung*) den tobenden Schmerz, der meine Brust zerriß – die heiße Träne, die mein männliches Auge trübte – – das Jammern meines Sohns – – alles, alles vergeb ich dir, was deine Untreue wirkte. (*mit weggewandtem Gesicht*) Möchte ich diese schwarze Untreu auch vergessen können!

FRANZISKA: Kannst du's nicht vergessen, grausamer Mann, daß ich ein Raub der Verführung ward; so vergiß auch nicht, daß ich deine erste wärmste Liebe war, daß ich dir, mit Gefahr meines Lebens, deinen einzigen Sohn gab, daß ich dir folgen wollt' zum heiligen Grab, nicht achtend des mannigfaltigen Ungemachs, so dem schwachen Weibe drohte, daß ich aber schutzlos in einem fremden Lande zurück bleiben mußte. Hörst du, Ritter, vergiß auch dies, auch dies nicht!

HOHENBURG: Robert, keine gute Tat darf unvollendet bleiben. Laß jene unselige Begebenheit in deinem Gedächtnis verlöschen. Sieh in Franzisken nur das reuige Weib, vom Himmel selbst zu Aussöhnung hergeleitet.

RASTENBERG: Franziska! – dies war die letzte Erinnerung deiner Schuld. Mutter meines Sohns, umarme mich.

FRANZISKA: Wohl mir! Nun scheid' ich gern von hinnen.

RASTENBERG: Leb armes Weib, um die Ruhe zu finden, so ich verlor.

FRANZISKA: O ich fühl's, dieser Auftritt war für meinen müden Geist, für meinen verzehrten Körper zu stark – ich überleb' ihn nicht lang, aber noch einmal, nun sterb' ich gern, denn ich sah meinen Robert wieder. Mit Gott war ich durch aufrichtige Reu' und harte Büßung schon längst versöhnt, aber mit dir nicht. Dies Bewußtsein folterte mich unaussprechlich. Mein naßgeweinter Schleier, und meine zahllosen Seufzer, die in den dumpfen Kreuzgängen des Klosters widerhallten, erregten das Mitleid einer Nonne, ich vertraut' ihr meinen Gram um dich, meine Sehnsucht nach dir, und sie half mir zur Flucht. Ich kam unbemerkt in diese Gegend, und fand die Einsiedelei und den Einsiedler in den letzten Zügen. Er gab seinen Geist unter meinem Gebet auf, ich begrub ihn, warf mich in sein Gewand, und lebte seitdem in heiliger Einsamkeit. Deine Adelheit kam mit ihrer Elisabeth zu mir. Ihre Gestalt rührte mich, sie faßte Zutrauen zu mir, erzählte mir ihre Schicksale, und kam dann an jedem schwermütigen Tag wieder, sich Trost bei mir zu holen, bei mir, die ich selbst so trostbedürftig war! Indes genoß ich die Wohltat, oft von dir und unserm Sohn zu hören, und harrte Eures Anblicks. Ehegestern führte dich Verräterei zu meiner Hütte; aber ich wagt's nicht, mich dir in deinem Grimm zu entdecken, konnte nur Adelheits Unschuld beteuern. (*rührend*) Robert, diese Adelheit ist dir nun entrissen, laß mich mit dir um sie weinen, dich pflegen, und den kurzen Rest meiner traurigen Tage in deiner Burg beschließen.

RASTENBERG (*mitleidig*): Franziska! ich vermag's nicht deine Bitte zu gewähren. Hab' der Welt entsagt.

FRANZISKA (*sinkt auf einen Stuhl*): Hast du? – – wo nahm ich auch diesen letzten schwachen Funken irdischer Hoffnung her? (*mit einem Blick gen Himmel*) Hinauf, mein Herz, dort winkt dein Glück.

HOHENBURG: Mutig, gutes Weib! auch hier ist noch Glück für dich. Will deinen Sohn in deine Arme bringen.

FRANZISKA (*wie aus einem Traum erwachend*): Meinen Sohn – – meinen Sohn! – war er's wohl der uns vorhin verlassen mußte?

HOHENBURG: Er selbst.

FRANZISKA: Mein Herz schlug beim Anblick des Jünglings so gewaltig, und ich Unglückliche verstand's nicht. Geht, braver Ritter, verkündigt ihm, daß seine Mutter hier weile, und ihre letzten Kräfte sammle zum Kuß des Wiederseh'ns und des Scheidens. Aber, wird er mich auch für seine Mutter erkennen, mich nicht verachten?

HOHENBURG: Fürchte nichts. Die Bande der Natur kann nur ein Bösewicht zerreißen. (*ab*)

Sechster Auftritt

Franziska, Rastenberg

FRANZISKA (*zutraulich*): Wie ist dir, Robert?

RASTENBERG: Mir ist sehr weh. Wie kann's auch anders? (*auf die Brust zeigend*) Hier drücken schwere Lasten.

FRANZISKA: Und doch sinkst du nicht! Ja diese ausdauernden Kräfte gab der Schöpfer deinem Geschlecht zum voraus. Ich fühl's, daß ich nur ein Weib bin. Deinen Arm, guter Robert – ich sinke – –

RASTENBERG (*unterstützt sie*): Faß dich, ich höre Franzen kommen.

FRANZISKA: Franz – – dieser Name haucht Leben ein.

Siebenter Auftritt

Vorigen, Franz, Hohenburg

HOHENBURG: Hier ist deine reuige zärtliche Mutter.

FRANZISKA (*eilt in Franzens Arme*): Ha! mein Sohn!

FRANZ (*mit stärkstem Ausdruck*): Mutter, Mutter!! In diesem Namen liegt mein ganzes Gefühl.

RASTENBERG: Betrachte sie mit Ehrfurcht, sie ist versöhnt mit Gott und deinem Vater.

FRANZ (*drückt sie an seine Brust*): Ich habe keine Worte.

FRANZISKA (*schwach*): Jüngling! unter meinem Herzen begann dein Leben – – – und das meinige endet sich an deinem Herzen – – (*schwächer*) Leb – – wohl! Segen über – – Euch alle!

FRANZ (*äußerst wehmütig*): Gott! sie stirbt.

RASTENBERG: Ruhe ihrer Seele! auch meine Kräfte sinken. Hohenburg, ich empfehle dir meinen Sohn.

HOHENBURG: Laß uns hinweg eilen, Franz, von diesem Schauplatz des Jammers. Willst du mir folgen auf einen neuen Zug ins heilige Land?

FRANZ (*legt die Leiche seiner Mutter sanft nieder und küßt sie*): Nur bald Ritter, nur bald, ich sehne mich nach Schlachtgetümmel.

RASTENBERG (*zu Hohenburg*): Sei ihm Vater, lehr ihn kämpfen, ich will am Fuß des Altars für Euch beten.

HOHENBURG: Wir wollen streiten und siegen, oder rühmlich sterben.

FRANZ (*mit Enthusiasmus*): Ich will sterben für den Glauben, (*beugt sich über die Leiche seiner Mutter*) diese Träne sei das letzte Opfer meiner Zärtlichkeit.

RASTENBERG (*faßt Franziskens Hand*): Schlumm're, Freundin meiner Jugend, schlumm're bis zu jenem großen Tage, wo der Richter uns allen Gnade sprechen wird. Hohenburg! Vergönne mir Adelheits Grab zu sehn.

HOHENBURG (*reicht ihm die Hand*): Komm, ich begleite dich an diese heilige Stätte.

Der Vorhang fällt.